メディアワークス文庫

僕がきみと出会って恋をする確率

吉月 生

目　次

Episode1　青天の霹靂

「天の川銀河の中に存在する地球外文明の数」を推定するドレイク方程式というものがある。簡単に言えば「地球人が宇宙人と出会う確率」の計算式だ。

その方程式を使って、運命の人と出会う確率を計算したイギリスの数学者がいた。

その結果、彼の運命の人になり得る女性の数は世界にたった二十六人、さらに彼女らと一晩に出会える確率は０・０００００３４パーセントだった。これは宇宙人に遭遇する確率の四百分の一だ。

未だかつて、宇宙人と遭遇したという確たる証拠を示せた人物が一人でも存在しただろうか。

つまり何が言いたいかというと、運命の人、なんて存在しないということだ。

運命の人はおろか、僕は友人と呼び合える相手にすらまともに出会ったことがない。

だから自分の下駄箱の中に身に覚えのない手紙を発見した時、誰かが間違えて入れたのだろうと思った。しかし、その手紙に僕の名前が書いてあるのを見て、今度は誰かが揶揄っているのだろうと思い直した。

【三ツ矢久遠様
一目惚れしました。君は私の運命の人です。放課後、校門で待っています】

自分で言うのも何だけど、僕は地味で、これといった特徴もなく、一目惚れされるような容姿も持ち合わせていない。さらに言えば地元東京から離れ、千葉県内の高校に入学して早二週間経った今も、僕に話しかけてくるクラスメイトは未だゼロ。

つまり、これは悪質な嫌がらせだ。その証拠に、差出人の名前さえ記載されていない。

周囲を確認してみたが、誰もこちらを見ている様子はなかった。犯人はもう立ち去った後のようだ。

手紙のせいで、一日中最悪な気分だった。これを発端に壮絶ないじめが始まったりするのではないかと思った。冴えない男が下駄箱の中のラブレターを真に受けて大恥をかかされる、思春期の淡い期待を弄ぶアレだ。残念ながら僕は、そんなに自惚れていない。自分の身の程なら弁えているつもりだし、こんなラブレターに本気になったりもしない。

けれど首謀者が誰かわからないままでは、それを主張することすら叶わない。一日中どうにか回避する方法を考えたが思いつかず、仕方がないので手紙に気づいていない風を装い、いつも通り下校することにした。

終業後、そそくさと帰り支度を済ませ教室を出る。下駄箱で靴を履き替え、他の生徒達と共にごく自然に校門を通過。

大丈夫、この人波に乗って何事もなく駅に向かえば――。

「あっ、三ツ矢くん！」

名前を呼ばれ反射的に振り返ってから、しまったと思ったがもう遅かった。

声の主は校門の前で佇んだまま、目が合うとこちらに向かってぺこりと頭を下げた。

知らない女子だった。肩下くらいの黒髪で化粧っ気はないのに華やかな顔立ち、明らかに僕とは交わらないタイプだ。まだ制服が馴染んでいない辺り同学年だろうか。

制服は同じだが、顔馴染みではないということは少なくとも同じクラスではない。

目が合ってしまった手前、さすがに無視するわけにもいかなかった。

周囲を見回し、誰にも見られていないことを確認して彼女と対峙する。

「……僕に何か用ですか？」

あからさまに不機嫌な表情を作ってみせる。

「あれ、もしかして私の手紙見てない？」

大きな瞳を瞬かせながら彼女は小首を傾げた。とぼけようかと思ったけど、今更嘘を吐いても仕方ない。

「見た……けど」

すると彼女は安堵の表情を浮かべ、少し照れ臭そうに頰を赤らめた。

「ああ、よかった！　……それで返事聞きたくて」

「返事って？」

「だからほら、告白の返事。一目惚れしましたって書いたでしょ？」

「……あれって何かの間違いですよね？」

というか嫌がらせですよね。心の中で謗る。

「え、間違いじゃないよ！　あの手紙は私が三ツ矢くんに宛てて書いたんだから！」

そう真剣な面持ちで僕に訴えかける。

とはいえ、それをそう簡単に信じるわけにはいかない。友人が一人もいなくても、いじめの対象になるよりはずっとマシだ。こんな僕にも、枯れ木も山の賑わいとしての役割がある。

「そもそも僕は、君の名前すら知らないんですけど」

「あ、そうだよね。うっかりしてました！　私、一年A組の神多いのりっていいます。

三ツ矢くんはC組だよね」

本当に自己紹介して欲しかったわけじゃないけど、同学年ということはわかった。

入学早々こんな嫌がらせをしてくるなんて、よっぽど暇なんだろう。それに構っている暇はないので、さっさと切り上げようと核心に迫る質問を投げかけた。

「君が僕のことを知っているのはわかったけど、僕達って話したこともないよね？　それでいきなり告白するってどう考えてもおかしいと思うんですけど」

どんなに真剣を装っても、その違和感は拭えない。こんな詰めの甘い嫌がらせで陥れようなんて、全く僕も馬鹿にされたものだ。

これで一件落着か、と踵を返して帰ろうとした矢先、彼女は平然と呟いた。

「だから？」

だから？　――そんな言い草があるだろうか。

想定外の返答に、不覚にも絶句してしまった。

気にも留めず彼女は続ける。

「話したことないのが不安なら、これからたくさん話せばいいと思う。お互いのことをもっとよく知るために付き合うわけでしょ？　ダメだったら別れればいいだけだし。それとも私のことタイプじゃない？　生理的に無理とか？」

別に彼女の外見を否定しているわけではない。むしろちょっと可愛（かわい）いな、とすら思っている。いや、正直かなり可愛い。だから余計に怪しいのだ。

困惑しながらも、僕は尋ねた。

「……そういうわけではないけど、どうして僕なんですか？」

「好きになったのが、三ツ矢くんだったからだよ」

「どう考えても君に相応（ふさわ）しい素敵な人は、他に星の数ほどいると思うんだけど……」

悲観しているわけではないが、実際その通りだった。

すると、彼女は少し怒ったようにムッとした表情を見せた。

「じゃあ太陽は二つある？　どんなに星がたくさんあったって、太陽も、月も、火星も、ベテルギウスも、全部一つずつしかないんだよ。一三八億年の宇宙の歴史の中で同じ時代に生まれて、同じ国に生まれて、同じ高校を選んで、出会って、好きになることがどんなにすごい確率か君、わかってる？」

予想外の彼女の反駁（はんばく）に圧倒され、思わず押し黙る。

「だから私はこの気持ちを大切にしたいって思った。そのためには他の誰かじゃなくて、三ツ矢くんじゃなきゃダメだった。私にとって君は、唯一無二の運命の人なんだよ」

運命の人なんて、当然信じているわけじゃない。彼女こそ、運命の人に出会う確率がどれほど少ないかも知らず、軽んじて口にしているのだろう。

とはいえこれ以上、この告白を疑ってかかるのは失礼な気がした。

まさか自分が誰かに告白される日が来るなんて夢にも思わなかったから、こんな時どう断れば波風立てずに済むのかわからない。

だからせめて彼女が恥をかかないで済むようにと、周囲に人気がなくなったのを見計らってから、僕は率直な今の気持ちを伝えた。

「君の気持ちは理解しました。僕のことを好きになってくれる人が現れるなんて思ってもなかったので疑心暗鬼になってすみません。だけど僕は運命なんてものを信じていないし、君のことを何も知らない。それで付き合って欲しいと言われても答えられないです。ごめんなさい」

初めてにしては、当たり障りのない断り方が出来たと思う。

恐る恐る彼女の表情を窺う。すると彼女は僕の予想に反して、弾けるような笑顔で迫り寄ってきた。

「答えられないってことは、これから先どうなるかわからないってことだよね？　伸びしろ有りってことだよね⁉　ならとりあえず、試しに付き合ってみようよ！　嫌になったら振ってくれていいからさ、ね！」

「え、」

まさかの展開に僕は狼狽した。

「あー告白してよかった！　じゃあ三ツ矢くん。いや、久遠くん！　私これから部活だから、また明日ね！」

「ちょっと……！」

呆気にとられる僕を残し、颯爽と彼女は校舎へ引き返していく。

青天の霹靂の出来事に、彼女が校舎の中に消えてからもしばらくその場から動き出せなかった。下校中の生徒達が、校門の前で立ち尽くす僕を訝しげに眺めている。

一体何が起きたのか、全く脳の処理が追いついていない。

だが一つだけ頭に過ったのは——もしかしたら僕は明日、死ぬのかもしれない。

＊

両親は、僕が十歳の頃に交通事故で他界した。

その車には僕も同乗していた。にも関わらず、運悪く僕だけが生き残ってしまったのだ。目の前で両親が死に絶えていく姿を、今でも強烈に覚えている。

消えたい、と思った。あの事故で一緒に死んでいればよかった、と何度も思った。

地面が音を立てて崩れていく感覚。絶対的だったものがいとも簡単に、なす術もなく無情に失われていく際限のない絶望。圧倒的、孤独。

それでも世界は色褪せることなく、何事もなかったかのように時を刻み続けた。

それを不条理だと嘆くのも、世界に自分一人だけに思えた。

両親の死後は、東京に住む父方の伯父夫婦や伯母夫婦、祖父母の家を、大人達の都合で転々としながら育った。転校は日常茶飯事、酷い時には年に二度。それでも文句なんて言えない。自分が厄介な仮初めの家族だと自覚していたから。

そして中三の夏、千葉に一人で住んでいた母方の祖母が他界した。

毎年夏休みに一人で遊びに来る孫を、祖母はいつも温かく迎えてくれた。絶えず入退院を繰り返す体の弱い人だったから僕を引き取り面倒見ることまでは難しかったが、それでも夏の数日間、千葉の祖母の家で過ごす時間は僕の安らぎだった。

祖母が残したわずかな財産や空き家を相続することになったのをきっかけに、この町の高校を受験した。ここなら誰にも迷惑をかけず、気を遣わず、心機一転自由な生活が手に入ると思ったからだ。

長年僕の面倒を見てきた父方の親族もきっと、その方が肩の荷が下りるに違いない。三年間祖母の家で一人暮らしをしながら高校に通いたい、という僕の願いを予想通り皆、喜んで聞き入れてくれた。

祖母の家がある千葉県大多喜町からいすみ市の間には、どこまでも長閑な田園風景が広がっている。春には黄色い菜の花が咲き誇り、夏には地鳴りのような蟬時雨に鬱蒼と茂る緑が、秋には色づいた草紅葉や頭を垂れる稲穂が、冬にはオリオン座を望む満天の星が見られた。

そんな四季折々の景色を絵画の如く車窓に映し走るいすみ鉄道は、千葉県を代表するローカル線としてファンも多い。特に春、線路脇一面の菜の花の中を走る映像は有名だろう。電車は約一時間に一本、車両は早朝を除き一両編成、停車駅のほとんどが無人で午後九時過ぎには終電となる。東京に比べ利便性が良いとは言えないが、ゆったりとした時間の流れるこの町は不思議と孤独を紛らわせてくれた。多分、孤独とは周りに人が多ければ多いほど強く感じるものなのだと思う。

僕はこれまでこの絶対的孤独をどう紛らわせるか、を人生のテーマにしてきたような節がある。そんな中で気づけば「宇宙」にたどり着いていた。

きっかけはまだ両親が生きていた頃、この町で見た流星群だ。都心ではまず見ることの出来ない漆黒の空に瞬く無数の星々、その中を駆ける流星は幼き日の僕を魅了した。

両親に買ってもらった宇宙図鑑は今でも僕の宝物だ。

常套句（じょうとうく）ながら、宇宙に思いを馳（は）せていると、そのあまりの壮大さに自分の悩みが小さく思える。悲しみや苦しみ、孤独さえも一時的に忘れられる。だから必然的に、僕は宇宙を好きになったのだと思う。

最寄りの大多喜駅から、僕が通ういすみ高校のある大原駅（おおはらえき）まで約三十分。電車は一時間に一本しかないので乗り遅れることは許されない。だから僕は三十分ほど前には駅に着いて、ベンチで読書しながら待つことにしている。その結果、毎朝計一時間の有意義な読書タイムを確保することが出来た。

手にするのは決まって宇宙関連の本だ。目的地の大原駅は終点のため、どんなに熱中して読んでいても乗り過ごす心配はない。

人生で初めて女子から告白されるという珍事件があった翌日も、いつものように一人暮らしの家で目覚めた。

普段通り家事をこなし、朝食を済ませ、いつもと同じ時間に駅に着き、有名な写真家が撮影した天体写真集を耽読しながら電車に揺られていた。

一度寝て起きると、昨日の告白は全て夢だったような気がした。というよりそう思いたかったのかもしれない。でなければ、始まったばかりの穏やかな高校生活が一変、危ぶまれると本能が警戒したのだろう。

人はいつだって変化を恐れる生き物だ。

あと一駅で大原駅に到着する、という時ふいに前から話しかけられた。

「宇宙、好きなの？」

驚いて顔を上げると、そこに昨日の彼女、神多いのりが立っていた。

彼女は棒付きキャンディーを食べながら、僕の読んでいた本の表紙を覗き込んで尋ねてきた。

昨日のことは夢だと割り切っていた僕は、もちろん平静を失って狼狽えた。

そんな僕をよそに、いのりは何か閃いたみたいに胸の前でパンと手を叩いて言った。

「あ、そうだ！　放課後時間ある？　ちょっとついてきて欲しい所があって」

嫌な予感が脳裏を過る。安易についていけば、今度こそ危なげな仲間達に因縁をつけられるかもしれない。

「ちょっと、放課後は……」

　断りかけた矢先、大原駅に到着し、乗客達が一斉にドアの外に流れ出す。

「じゃ、また放課後にね！」

　こちらの返事など一切聞く耳も持たず、彼女は足早に電車を降りて行ってしまった。

　おかげで二日連続、憂鬱な気分で一日を過ごした。

　考えれば考えるほど彼女の傍若無人な態度に腹が立った。とはいえ悩みを相談できる友達もいないので、一人でひたすらその苦行に耐えるしかない。

　今日こそは、脇目も振らず光速で学校を後にしなければ。

　放課後、僕はチャイムの音と同時に立ち上がり、バッグを引っ摑んで誰よりも先に教室のドアを開けた。

「あ、久遠くんお疲れ様、待ってました！」

　勢いよく開けたドアの先に、神多いのりが満を持して立っていた。

「じゃあ行こっか！」

　愕然とする僕に構いもせず、彼女は僕の腕を摑んで何処かへ引きずっていく。周囲にいた同級生が僕らに注目していたが、今はそれどころではない。

　この後一体どんな酷い目に合わされるのだろう。暴行か、恐喝か、高価な壺でも売り付けられるか。戦々恐々とする中、いのりがある教室の前で足を止めた。そこは六階の物理室だった。悲観する僕をよそに、躊躇(ちゅうちょ)なく彼女がドアを開く。

「ほら、入って入って」

逃げ出したい気持ちをどうにか堪(こら)え、薄氷を踏むように中に入る。すると、ガタイのいい長身の男子生徒が一人、制服姿のままカラーボールで壁当てをしているのが目に飛び込んできた。まだ春だというのに日焼けした浅黒い肌が真っ白な半袖シャツの袖口から覗いている。

終わった、と思った。彼がいのりの本当の彼氏で、僕は因縁をつけられ暴行、もしくは金を要求される運命にあるのだろう。

思わず財布の残高を脳裏に巡らせていた時、

「あ、辰巳(たつみ)先輩！　紹介しますね。彼が三ツ矢久遠くんです」

すると辰巳先輩と呼ばれた彼が手を止め、こっちに向かってきた。思わず身構える。

「君が噂(うわさ)の！　俺は辰巳慎也(しんや)、よろしくな！」

握手を求められ、尻込みしつつかろうじて手を差し出す。彼は笑いながら悪意の有無を判断しづらい力強さで握り返してきた。

「昨日いのりちゃんから彼氏が出来たって聞いてさ、早く会ってみたかったから嬉(うれ)しいよ」

「ふふ、今朝も一緒に通学して来ちゃいました」

　彼氏と呼ばれ、ギョッとした。少なくとも僕は彼女と付き合うことを承諾したつもりも、今朝一緒に通学したつもりもない。二人の会話を耳にしながら、雀の涙ほどもない僕らの関係値に、一体どんな尾ひれがついているのか不安になった。

　ただ——とすれば、辰巳先輩はいのりの恋人というわけではないのか。

　最悪の想定は回避され、とりあえず胸を撫で下ろす。

「辰巳先輩は三年生で、この宇宙部の部長なんだ」

　いのりが相変わらず、僕の心情を置いてけぼりにして言った。

「宇宙部？」

「あれ、言わなかったっけ？　私達宇宙部の部員なんだ。久遠くん宇宙のこと好きみたいだから、よかったら入部しないかなと思って」

　伝え忘れたことを悪びれる様子もなく彼女は言った。そういうことは朝の段階で伝えておいて欲しい。

　つまり、ここは宇宙部の部室になっているということか。全くの杞憂だった。

「実は廃部ギリギリでね、今は最低部員数の三人いるから何とか免れてるけど、辰巳先輩が卒業したら今度こそ危うくて」

「三人ってもう一人いるってこと？」

「え、うん。ほらそこに」

指差された方に目を向けてみると、机に突っ伏している金髪の男子生徒を発見した。

いつからいたのだろう。どうやら彼も部員の一人らしい。

「彼は雨宮朝日（あまみやあさひ）くん。……って、確か久遠くんと同じクラスだったよね」

顔は見えないが、すぐに同じクラスの雨宮だとわかった。何せ入学したばかりの一年で金髪にしている生徒なんて彼くらいだ。教室でもいつも居眠りばかりしてサボっている。そういえば、帰りのホームルームの時姿が見えないと思っていたが、こんな所で寝ていたというわけか。

入学式早々、猫背に前を見ず歩く彼と肩がぶつかり思い切り舌打ちされたことも僕は忘れていない。危なそうだから金輪際関わらないでいようと誓っていたのに、まさかこんなにも早く急接近してしまうとは。

全く有り難くないこの奇縁につい雨宮のことを凝視していると、何を勘違いしたか突然いのりが視界に割って入ってきた。

「あ、朝日くんは起こさない方がいいよ！　寝起きはすっごく機嫌悪いから」

言われなくとも、話しかける気なんて毛頭ない。

「彼はここでも、いつも寝てるの？」

「うん、末期の五月病なんだって。大体いつも寝てるか、虚無ってる」

まだ四月だけど、という指摘は口に出さないでおく。

部室の窓からは大原の海が一望できた。確かにこの景色を眺めていると全て放り出して眠りたくなる気持ちもわからないではない。

……そんなことより、宇宙部に入部する意思はないことをさっさと伝えておかないと。

「ここまで連れてきてもらってなんだけど、僕は部活に所属するつもりは……」

その時。部室のドアが開き、白衣を身に纏（まと）った眼鏡の男が入ってきた。

「あ、紫藤（しどう）先生」

「お疲れっす！」

いのりと辰巳先輩がほぼ同時に声を上げる。やってきたのは、物理教師の紫藤だ。

色白のひょろりとした長身で、ややウェーブがかった髪が顔の半分を隠している。

紫藤先生は教卓の上に荷物を置くなり首を傾げた。

「あれ、見慣れない顔だね」

繊細そうな透明感のある声質だった。

「はい、入部希望の三ツ矢久遠くんです。彼も宇宙が好きみたいで連れてきました。ちなみに私の彼氏です！」

紫藤先生は宇宙部の顧問なんだよ、と彼女はこちらを振り返ってウインクをした。

……どこから誤解を解けばいいかわからない。確かに宇宙は好きだけど、入部希望なんてしてないし、交際を承認した覚えもない。

反論しようとした矢先、再び先生が口を開いた。

「そうか、ちょうどよかった。今夜は金星最大光度だから、よく見えるはずだよ」

先生は鍵のかかった奥の部屋から大きな天体望遠鏡を持ち出し、教壇の前に置いた。それを見て僕は思わず目を瞠った。

宇宙、ひいては天文好きの端くれとして、これまで何度も天体望遠鏡の購入を考えたことがある。天体望遠鏡と一概に言っても性能も値段もピンキリだ。

数万円で買える天体望遠鏡もあるが、それで綺麗に見える天体は月くらいなもので、他の星々はほとんどぼやけてしまう。惑星の模様までを見ようとすれば口径の大きいより高倍率のレンズを選ぶ必要があるが、当然その分値段も跳ね上がる。観測対象によって適した倍率はあるが、それら一式を揃えようとすると、到底高校生に購入できる額ではなかった。

しかし紫藤先生が徐に持ち出してきたのは、まさに僕が長年喉から手が出るほど欲しかったそれだった。値段にしてざっと三百万円。まさかこんな本格的な天体望遠鏡がこの高校にあったなんて。

「その天体望遠鏡、学校のものなんですか？」

僕は驚いて尋ねた。

「あれ、もしかして三ツ矢くん、これの価値がわかる人かな？」

当然です、とやや興奮気味に頷くと、先生は満更でもなさそうに頬を緩めて言った。

「実はこれ僕の私物なんだ。趣味が高じてこんな立派なものまで買ってしまったんだけど、甥っ子の御守りに時々星を見せてやってたくらいで僕一人では結局持て余してしまってね。せっかくなら宇宙部でも活用できたらいいなと思って今ではここに置きっぱなしになっているよ」

ということはつまり宇宙部に入部すれば、この天体望遠鏡で好きなだけ天体観測が出来るようになる。これを使って天体観測が出来たらどんなに美しい世界が見えることだろう。確かに宇宙部の部員のきな臭さは否めないが、顧問がいる以上、あまり酷いことにはならないはずだ。

天体望遠鏡の魔の手にかかり、僕は自ら危険な橋を渡る決断をしてしまった。どうぞ、若気の至りとでも呼んでくれ。

「僕、宇宙部に入部します」

僕の決断に、いのりと辰巳先輩が歓喜に沸く。その間も雨宮は我関せずと眠ったままだった。

金星は地球から見て太陽に近い軌道を回る内惑星だ。その姿を観測することが出来るのは、太陽がそばにあり、かつその光にかき消されないくらいに薄暗い時間帯の明け方、もしくは夕方に限られる。古来から明け方に見える金星は〝明けの明星〟、夕方に見えるそれは〝宵の明星〟と呼ばれ、人々に愛されてきた。

海辺に広がる夜の帳(とばり)にぽつんと浮かぶそれは、本日最大光度というだけあり、どの星よりも輝いて見えた。

寝ていた雨宮を紫藤先生が揺り起こし、僕を含めた宇宙部四人で学校の屋上にやってきた。いのりが僕の入部を伝えても雨宮は大した反応も示さず、星なんて興味なさそうに遠い目をして海を眺めていた。

彼が何のために宇宙部に所属しているのか、僕にはさっぱりわからなかった。

「わぁ、金星って三日月みたいですね！」

屋上に設置した天体望遠鏡を覗き込みながら、いのりが感慨深そうに声を上げる。

「金星は内惑星だから、地球の近くを回っている時は太陽の光を背中に受けて、地球からは三日月のように見えるんだよ」

顧問らしく、紫藤先生が丁寧に説明する。

海風になびく髪を耳にかけながら、ふいにいのりがこちらに向かって手招きしてきた。

おずおずと近づき、彼女に勧められるがまま天体望遠鏡を覗き込む。まさに三日月だった。とはいえ金星はもともと分厚い大気に覆われているため、三百万円の天体望遠鏡を駆使しても地表を眺めることまでは出来ないが、十分だ。

一時はどうなることかと思ったが、彼女のおかげでこの景色を見ることが出来たのは事実だ。正直なところ、この天体望遠鏡効果で学校に来るのが著しく楽しみになっている。

これまでの好き勝手ないのりの言動も、大目に見てあげてもいいかもしれない。

「古くから金星は愛の星と呼ばれていたようだよ」

並んで観測する僕といのりを微笑ましそうに見ながら紫藤先生がそう言った。

「二人にぴったりだな！」

その隣で辰巳先輩がにやついているのを見て、僕は初めてその意味を理解した。慌てていのりと距離を取り、撤回の言葉を口にしようとした。けれど隣の彼女がとても嬉しそうに笑っているのを見て、なぜか強く言い返すことが出来なかった。

辰巳先輩と雨宮は家が近く自転車で登校していて、いすみ鉄道を使って帰宅するのは僕といのりだけだった。彼女は大多喜駅より三駅学校に近い国吉駅（くによしえき）が最寄りなのだと一時間に一本の電車を一緒に待ちながら初めて聞いた。

天体観測を終え駅に向かう途中、コンビニに立ち寄った。彼女はここの常連らしく、大学生くらいの店員さんともにこやかに挨拶を交わしていた。そこの駄菓子コーナーで今朝食べていたものと同じ、りんご飴（あめ）を模した駄菓子の棒付きキャンディーを買い、頬張りながらいのりは言った。

「実はね、今日授業中に計算してみたんだけど」

「え、何を？」

「強いて言うなら、私と久遠くんが出会った運命の確率かな」

授業中に彼女は一体何をしてるんだ、と思いながら僕は尋ねた。

「どういうこと？」

するといのりはサブバッグの中からノートを取り出し、びっしりと計算式の書かれたページを開いて見せてきた。

「まず、宇宙の歴史である一三八億年分の、地球の歴史四十六億年に、地球の歴史分の、現代的ホモ・サピエンスが最初に地球を歩いたと推定される人類の歴史、五万年をかけて、さらに五万年間の人類累計人口に推定される一〇八〇億人分の、現世界人口七十八億人をかけるでしょ？　そこに現世界人口分の、日本人人口一億二千万人をかけて、さらに日本人人口分の、千葉県の人口……」

「ちょ、ちょっと、待って。そこまで調べたの？」

さすがに驚いていのりを見やった。運命の人の人数をわざわざ計算したイギリスの数学者もなかなかだと思ったが、宇宙の始まりから、ホモ・サピエンスの累計まで調べて真面目に計算している彼女も常軌を逸している。

「え、そうだよ。数字で出した方がわかりやすいかと思って」

神多いのりはその非科学的な名前に似合わず、理系女子みたいなことを言う。

「わかりやすいって、別にそんなこと頼んだ覚えはないけど」

「だって、久遠くんが運命なんて信じてないって言ったから」

まさか僕が発したあのたった一言のためだけに、彼女はこんな計算をしたというのか。そこまでして彼女に一体何の得があるというのだろう。迷宮に迷い込んだような気持ちになって呆然とそのノートを眺めた。ノートの最後の方に、いのりが導き出したと思われる解答が書かれていたけど、あまりにも小数点に続くゼロの数が多すぎて数えることも難しかった。

「これを運命と言わずして、なんと言うのでしょう」

いのりは勝ち誇ったような顔をして言った。

確かに僕達がこの地球、この時代、今この瞬間に、肩を並べていることがどれだけ途方もない奇跡か。少し大袈裟だけど、偶然という言葉ではあまりにも軽すぎるかもしれない。

僕達は運命的な出会いを経て今ここにいる。それは一理ある。

ただ彼女にとって僕が本当に運命の人かどうかは、また別の話だ。辰巳先輩も雨宮も、紫藤先生も、運命的に出会ったという意味では同じはずだから。

「でも、久遠くんが宇宙部に入ってくれてよかった！　私と久遠くんってクラスも違うし接点ないでしょ？　これからもっと私のこと知ってもらうにも話す場がなきゃ難しいし。それに宇宙の話が出来る仲間が増えるって最高に嬉しい！」

ようやくやってきた電車のボックス席で向かい合い、僕はその後も終始いのりの話を聞かされていた。

身長は一五七センチ、O型、視力は両目共に二・〇、二月三日生まれ、水瓶座（みずがめざ）。母子家庭で、中学生で音大を目指している秀才の妹がいて、メス猫を飼っている。性格は好奇心旺盛で責任感が強く、面倒見がいい方だと自称していた。

歴史上の人物ではニュートンをリスペクトしていて、その影響から最近りんごにハマっているということ。中でも駄菓子のりんご飴が大好物で、こっそり授業中にも食べていると暴露していた。

自分のことを散々話し終えると、「明日は久遠くんの番ね！」と言いながら国吉駅で席を立つ。まさか明日も一緒に帰るつもりなのだろうか。

「じゃあまた明日ね！」

手を振りながら、いのりがドアの方に駆けていく。話を聞くばかりでほとんど言葉を発する時間も与えられなかった僕は思わず立ち上がり、その背中を呼び止めた。

「あのっ……」

驚いたように彼女が振り返り、首を傾げる。

「どうしたの？」

「……ありがとう、宇宙部に誘ってくれて」

目を合わせることすら出来ず、俯きがちに感謝を述べる僕に、いのりは嬉しそうに微笑みながら「宇宙部へようこそ！」と声を弾ませた。

＊

しつこいようだが、電車は一時間に一本しかない。

つまり部活の朝練でもない限り、いすみ鉄道を使って通学する学生は全員もれなく同じ時間の電車に乗っていることになる。必然的に僕が大多喜駅から読書に没頭している最中、国吉駅で例の彼女が乗ってくるわけだ。察して欲しい。

この二週間、国吉駅から先でたったの一行も本を読み進められた試しがない。当然、部活が同じとあれば帰りも然りだ。

さらにその間、僕の身にも変化が起きていた。

ついに我がクラスメイトから授業以外で初めて声をかけられたのだ。

「ねえ、三ツ矢くんってA組の神多さんと付き合ってるの？」

僕は絶句した。例の彼女が所構わず話しかけてくるせいで、学校中に噂が広まっていたらしい。

いい意味で外見的に目立ついのりが、僕みたいな陰キャラに付き纏っていることが周囲は不思議だったようだ。しかし当の本人が僕らの交際をあっさり肯定したため、さらに衝撃が広まった。僕の反論なんて、今更誰の耳にも届かないことは明白だった。

ただ、それをきっかけにして僕は少しずつクラスメイト達と会話できるようになっていた。なぜか男子生徒達から羨望の眼差しを向けられ、女子生徒達は僕にどんな蠱惑的要素があるのかと注目の的にしていた。そんなものがあるなら僕が一番知りたい。

放課後は毎日物理室の部室に足を運んだ。宇宙部の部活概要は、基本的には天体観測による記録の作成がメインだ。歴代十数年分の観測記録のノートも保管されていて、それがなかなか面白い。その年に起こった天体ショーが記されていて、これを読めるだけでも宇宙部に入った価値があった。

たとえば数年前、近いうちに超新星爆発すると期待されているオリオン座のベテルギウスの光度が急激に下がるという現象が世界を騒がせたが、その時の光度もしっかりとグラフ化されている。備考欄には「いよいよ来るか！」「世紀の天体ショー絶対にこの目で見届ける！」などと当時の部員達が不可測なベテルギウスの動向に一喜一憂している様子が見て取れた。

当時東京の空から同じように毎日ベテルギウスを見上げていたことを思い出す。

時には、光電子増倍管という電球のような検出器をドラム缶の中一面に貼り付け、そこに水を溜めてひたすら待つことで未知の物質である「ダークマター」を捕まえるという忍耐力が試される観測実験をしたり、宇宙に纏わる疑問を紫藤先生と討論したりすることもあった。その間、神多いのりはひたすら質問し、辰巳先輩はひたすら驚き、雨宮はひたすら眠っていた。

宇宙部を観察してわかったことがある。部長である辰巳先輩は、宇宙のことについてほとんど無知だということだ。ブラックホールが巨星の死後の姿だという話に一驚するレベルで、どんな基礎的な話にもいちいち新鮮な反応が返ってきた。

聞くところによると、辰巳先輩は去年まで野球部員だったらしい。なぜ宇宙部に転部したのか詳しいことは知らない。けれど少なくとも雨宮よりやる気だけは十分だった。

その日もいつも通り放課後部室に向かうと、辰巳先輩がおかしな方向を向きながら壁当てしていた。投げたボールの行方には一切目もくれず、よそ見をしながら器用に壁にボールを当てている。そんな先輩と一緒に変な方向を向きながら、神多いのりが何やらブツブツ唱えていた。

妙な光景を見て、僕は思わず声をかける。

「何してるんですか？」

「ああ、三ツ矢くん。何かいのりちゃんがね、このボールを見ずに壁にぶつけ続ければ、いつか壁をすり抜けるかもしれないって言い出して」

「壁を？」

辰巳先輩が手にしていたカラーボールに視線を落とした。何の変哲もないボールに見える。

「どういうこと？」

僕は彼女に意図を尋ねた。

「トンネル効果って知ってる？」

以前読んだ宇宙雑誌の中で、確かそんな言葉を目にしたことがあるけど、よく理解しないまま読み流してしまった。

「それを理解するためには量子力学の基礎知識を知っていないといけないね」

ちょうど部室にやってきた紫藤先生が、僕達の会話に加わってきた。

もちろん、雨宮は今日も寝ている。

紫藤先生はさっそく教壇の前に立って話し始めた。

「量子力学とは、宇宙のあらゆる物質を構築する原子や分子、それらをさらに細かく分解し、これ以上砕くことが出来ない『素粒子』などの目には見えない小さな量子の性質や現象についての力学だ。つまりこの宇宙の根源となる学問だね。どうやってこの宇宙が始まったのかを突き詰めれば量子力学は絶対に避けて通れない。ただ、これが非常に難しくてね。どう難しいかというと、簡単に言えば、量子力学の世界では僕らの常識が通じないことが多々起きる。それゆえ非常に難解で、『量子力学を完全に理解している、ということ自体が理解できていない証拠だ』という皮肉があるくらいなんだ」

紫藤先生はふいに片手を上げると、辰巳先輩の方を向いた。

「辰巳くん、そのボールこっちに投げてくれないかな」

言われるまま、辰巳先輩はボールを投げ、先生がそれをキャッチする。

「このボールを電子に見立てよう。電子は量子だ。量子力学が扱う目に見えないほど小さなミクロの世界では、僕らが生活するマクロの世界からすると非常識な現象がたびたび起きる。結果から言おう。ミクロの世界では、このボールは壁をすり抜けることが出来る」

「ええ！」辰巳先輩が声を裏返して驚く。

「なぜそんなことが起きるのか。それは量子特有の性質にある。このボールが小さな、小さな電子だとして、皆には今一つの粒のように見えているよね。実際に粒でもある。それはかの有名なアインシュタインが証明している」

紫藤先生はボールを掲げたまま続けた。

「さらに、このボールは粒でありながら、波のような性質を併せ持っているんだ。それを説明しようとすると長くなるから割愛するけど、それも『二重スリット実験』で波でなければあり得ない干渉縞が出来るという現象により証明されている。しかし不思議なことに、その波を観測しようとすると、瞬時に粒状に縮んでしまうんだ。そのためその波を観測することが出来ない。つまり見ていない時は波のように振る舞うのに、見ようとすると粒に戻ってしまう。波といってもイメージするなら、一粒の水滴が見ていない間だけ霧状に広がっているような感じかな」

僕は一滴の水滴が変化して、水蒸気のように空気中に漂うのを想像した。

「信じがたい話だが量子力学の世界では、理由はよくわからないけど『そういうものだ』とされている。事実、そのように考えて計算するとあらゆる実験結果が正確に説明できるようになるんだ」

見てない時だけなんてそんなバカな、と辰巳先輩は仰々しい声を上げる。

確かに僕らが生きるマクロの世界で、見ていない間だけ変化する物体なんて聞いたことがない。

「そう思うよね。でもそれが量子力学の基礎だ。見ていない時、この電子はまるで分身しているみたいに同時に複数の状態が重なり合って存在している。そう見える、のではなく実際に確率が霧のように広がって存在していて、観測した瞬間、波は粒に戻り、複数あった確率のうち一つの結果に決まる」

辰巳先輩は眉間に深いシワを寄せながら、理解しがたい様子だった。

「たとえば辰巳くんが電子なら、今君は右奥の席に座っているけど、誰も見ていない間はこの教室中の全ての席に座っている確率があるということだ。さらに厳密に言えば、辰巳くんはこの教室の中のみならず、廊下にまで存在しているかもしれない」

「え、廊下に？」

先生が頷く。

「もし辰巳くんや、このボールを壁の向こうに出そうとすれば、物凄(ものすご)いスピードを加えて壁をぶち破るしかないよね。だけど電子はそのエネルギーを加えずとも、時々自身のポテンシャルを超えて閉じ込めた箱、厳密には絶縁膜という膜の壁をすり抜けることがあるんだ。まるで壁に見えないトンネルが開いているかのようにね。その現象のことを『トンネル効果』と呼んでいる。それは電子が波の性質を持っているために起きることだ。観測していない時、箱の中の電子は霧のように広がり複数存在していて、確率は低いが、それは壁の外にまで染み出すように広がっている。何のエネルギーも加えていないはずなのに不思議だよね。もちろん僕達の生きるマクロの世界では、ほぼ確実にそんな現象は起きない。このボールが教室の壁をすり抜けるようなこともほぼあり得ない。事実上もほぼゼロだ。しかし、それはほぼであって百パーセントではない。なぜなら宇宙に存在する全ての物質は量子の集合体であり、波の性質を合わせ持っているからだ。だからこのボールを気が遠くなるほど壁当てし続ければ、いつかもしかしたら……という話をしていたんだよね、神多さんは」

そうです！　と彼女が大きく頷いた。

僕は唐突に理解した。どちらかというと僕は天文の方に興味を持った性分だが、どうやら彼女は宇宙好きが高じて、量子力学の方に興味を持ったタイプらしい。なるほど道理で運命の確率などと細かい計算をしたがるわけだ。

しかしながら、相変わらず辰巳先輩は険しい顔のまま混乱した様子だった。

「あはは、辰巳くん。理解できなくていいんだよ。あのアインシュタインも、量子が波であると提唱したシュレーディンガー博士自身でさえ、解明できずに生涯を終えたんだ。それほどに量子の世界とは非常識極まりない世界なんだよ」

観測するまで物の状態は確定しない、という量子力学の確率解釈に対し「神様はサイコロを振らない」と皮肉めいたアインシュタインのセリフはとても有名だ。因果律の破綻した非常識な量子の振る舞いを、アインシュタインは受け入れることが出来なかった。

「ついでだから、もう一つ。量子力学に纏わる有名な話をしよう」

先生はボールを辰巳先輩に投げ返しながら言った。

「『シュレーディンガーの猫』という思考実験がある。今ここに一時間以内に五十パーセントの確率で崩壊する放射性原子と、それを観測する放射線量測定装置が入った不透明な箱があったとしよう。この測定装置は、放射性原子の崩壊を検出すると青酸ガスが発生する仕組みになっている」

そう言って、紫藤先生は黒板に四角い箱と、装置らしきものを描いた。

「この箱の中に生きた猫を入れて蓋を閉じ、一時間放置する。五十パーセントの確率で放射性原子が崩壊し、中で青酸ガスが発生すれば、当然猫は死んでしまうね。同時に崩壊しなければ、一時間後も猫は生きている」

紫藤先生は箱の絵の中に、生きている猫と、死んでいる猫の二パターンの絵を描いた。

「放射性原子の崩壊は量子の世界の現象だから、中では崩壊していない状態と、している状態が重なり合っているということになる。つまり蓋を開けて観測するまで、箱の中で猫は生きている状態と、死んでいる状態が共存してしまうことになるんだ」

「そんなことってあり得るんですか？」

思わず僕は尋ねた。

「おかしいと思うよね。そもそもこれは量子力学の不完全さを指摘するために考えられた思考実験なんだ。けれど今の技術では実際にこの箱を作り出すことは出来ないし、確かめる術もない。だとしても量子の常識を当てはめると、これを否定することは出来ないんだよ」

辰巳先輩の顔がますます険しくなる。

正直なところ、僕も途中から紫藤先生の話を完璧に理解することを放棄していた。

「理解しているということ自体が理解していない証拠だ」というのであれば、この世界に量子力学を本当に理解できている人物は皆無ということだ。つまり「よくわからないけど、そういうものなんだ」と理解する他ない。

その時、ふいに聞き慣れない声が背後から飛んできた。

「ならさ。もし、その箱の中に猫じゃなく人間を入れた誰かがいて、その箱をどこかに放置するとするでしょ。一時間後、それを見つけた別の誰かが箱を開けた時、中の人間が仮に死んでいたとする。そしたら箱に入れた人物と箱を開けた人物、どっちが殺人犯になるの？」

振り返ると、さっきまで寝ていたはずの雨宮がだらしなく机に頬杖をついていた。珍しく起きて部活動に参加したかと思ったら、随分物騒な質問だ。

雨宮の質問に、紫藤先生は腕を組みながら小さく唸った。

「うーん、なるほど。それは難しい問題だね。間違いなく前者は殺人未遂に相当するはずだけど……。ただ、死が確定するのはあくまで蓋を開けて観測した時点なので、蓋を開けた人物がもしその実験をわかっていて開けたのなら、それは殺人になり得るかもしれない」

「え、どうして？」

いのりが不服そうに声を上げた。

「箱の中の状態が決定するのは、箱を開けて観測した時だ。とすれば中の人物が死んでいた時、その死が確定したのは箱を開けた瞬間ということになる。つまり、中の人物の死を確定させたのは、箱に入れた人物ではなく、箱を開けた人物ということになってしまうんだよ」

「じゃあ助けようとして蓋を開けたら、殺人犯になるかもってこと？」

目を丸くしながら、いのりが繰り返す。

「科学的事実だけで裁くと、そういうことになるかもしれない」

「そんな……」といのりが不満そうにぼやいた。

「じゃあ殺人犯は箱を開けた人物であって、箱に入れた人物は、中の人物が死んでいても殺人罪には問われないってことだよね？」

続けて雨宮が問う。そんなことを物理教師に聞いて何がしたいんだろうかと、僕は訝しんで雨宮を眺めた。

「法律的にどうかと言われても、実例がないから何とも言えないな。とどのつまり可能性がないとも言い切れない」

「じゃあもし殺人罪に問われなければ、それって完全犯罪だよね」

そう言って、雨宮は不気味な笑みを浮かべた。

やはり彼とはあまり関わってはいけないような気がする。

＊

「一目惚れから結婚に至るカップルは全体の何パーセントくらいか知ってる？」

　部活中、黙々と天体観測記録を作成する僕の隣で、いのりが唐突に奇問を投げかけてきた。

「じゃあ君は知ってる？　誰かに話しかけられて仕事を二秒邪魔されただけでも、ミスは倍増して作業効率が落ちるっていう研究結果があるらしいよ」

「そんなにミスが増えるなら、もはや一回中断しちゃった方がいいよね」

「それは屁理屈（へりくつ）って言うんだよ」

「じゃあ聞きたくないの？　一目惚れから結婚に至るカップルの割合」

　ちらりと雨宮の方を一瞥（いちべつ）する。確認する必要もなくやはり彼は今日も寝ている。辰巳先輩もさっきトイレに行ったきり長らく戻ってきていない。全くどこまでも自由な部員生だ。

　僕は大きくため息を吐いてから、手に持っていたペンを置いて振り返った。

「いや、聞きたい」

そもそもそんな統計どっから仕入れたんだ、という疑念はさておき、彼女の一目惚れによって交際を余儀なくされている僕には、それなりに興味深いものだった。その統計によっては一目惚れというものがどれほど浅はかな感情か証明されるかもしれない。

僕が耳を傾けると、いのりは嬉々として話し始めた。

「一三七組の夫婦を対象としたとある研究結果によると、一目惚れで結婚に至ったカップルは全体の四十三パーセントだったんだって。つまり一目惚れから運命の人が見つかる確率は結構高いってことだよ」

意外だった。一目惚れなんてもっと浅薄なものだと思っていた。とはいえ運命の人となると話は別だ。

「でもさ、結婚したからってその相手を運命の人だと決めつけるのは少し短絡的過ぎないかな？　今時カップルの三分の一が離婚する時代だよ」

「じゃあ久遠くんがもし誰かと結婚する時、この人は僕にとって運命の人じゃないだろうなぁって思いながら結婚する？」

「それは……」

「でしょ？　少なくとも皆、その時は運命の人だって信じてるんだよ」

「そもそも君の言う、運命の人の定義って何？」

いのりは少し考えるような素振りを見せてから言った。

「……死ぬ時、最後に思い出す人じゃないかな」

それを聞いた時、僕が今まで思っていた運命の定義と、彼女の思い描く運命との価値認識が違っていたことに気がついた。

僕は、運命という言葉で簡単に物事を片付けられることが嫌いだ。

両親が死んだのは運命、一人残されたのは運命、親の分も生きていく運命。僕を励まそうとした多くの大人達が、そんなことを口走った。

たった十歳だった息子を残して逝った両親の死を、あの事故を、運命という言葉で片付けられることがどうしても許せなかった。

確かに起きてしまった過去はどんなに悔やんでも後戻り出来ない。

だから人は過去を置いて前を向くために、運命という魔法の言葉を当てはめたのだ。

この魔法の言葉さえあれば、過去の過ちや後悔に、何か特別な意味があるかのように偽れ、自分に都合よく解釈することが出来るから。

初めていのりからの手紙を見た時、運命の人などと軽々しく書いてあったことに、僕は心から辟易(へきえき)とした。これまでに運命を語ってきた連中と同類の人種だろうと思ったからだ。けれど彼女は決して過去や何かの言い訳のために、その言葉を都合よく使おうとしているわけではなかった。運命の確率を本気で数値化しようとしたくらいだ。彼女は今まで出会った誰よりも「運命」という言葉の真意に迫ろうとしているのだとわかった。

けれど、それならなおさら彼女が僕を運命の人だと決めてかかっている理由がわからない。たかだか一目惚れした相手を死ぬ時にまで思い出すだろうか。

「君が死ぬ時最後に思い出すその人は、君に何をした人なの？」

彼女が僕に一目惚れした理由を聞き出すため、あえて遠回しにそう尋ねた。

それに気づいたのか否か、いのりは当たり前のことのように言う。

「そんなの、私の人生を変えてくれた人だよ」

ますますわからなくなった。当然ながらそんな大層なことをしてあげた覚えがないからだ。

「……あのさ、もしかして君は僕を誰かと勘違いしてるってことはない？」

するといのりは、まじまじと僕を見つめながら藪から棒に呟いた。

「そういえば久遠くんって東京から引っ越してきたんだよね？」

「え、そうだけど」

「よし、じゃあ今日はもう帰ろう！」

「は？」

突然、まだ記入途中のノートを強引に閉じられ、無理やり立ち上がらせられる。ペンの代わりにバッグを押し付けられ、寝ている雨宮を置いて引きずられるように学校を後にした。

抵抗も虚しく駅までやってくると、並んでベンチに座って一時間に一本の電車を待つ。

いつの間にか僕らは、当たり前のように一緒に下校するようになっていた。

その間もいのりは相変わらず喋りまくり、空はなぜ青いのか、アームストロングは本当に月に行ったのか、さらには地球外生命体の有無など話題は多岐にわたった。

彼女はいつも真剣にこの世の真理と向き合おうとしていた。時に僕が知っている宇宙雑学を披露すると、彼女は目を輝かせて詠嘆し、何だかこそばゆい気持ちになったりした。

今までこんな風に誰かと長時間会話をした経験はない。けれど話の接ぎ穂を失うどころか、膨張し続ける宇宙のように次から次へと話題が尽きない彼女との会話が途切れることはなかった。

帰りの電車に揺られながら、唐突にいのりが尋ねてきた。

「ねえ、今日ってまだ時間ある？」

スマホで時間を確認する。午後五時過ぎ。

今日はこのまま家に帰るだけで特に用事はない。だが、何か閃いた表情の彼女に既視感を覚えて眉を顰(ひそ)めた。

「連れて行きたい場所があるんだ、私の秘密の場所」

そう彼女が教えてくれた時にはすでに腕を摑まれ、国吉駅のホームに降ろされていた。もう一度言う。電車は一時間に一本しかない。

つまりその瞬間、否応(いやおう)なしに僕には一時間の暇が生まれた。

国吉駅の駐輪場に停(と)めていた自転車を引っ張り出してきて、いのりは僕にそのハンドルを握らせた。訳もわからず、いのりの顔を見上げる。

「久遠くん前ね？　さすがに男の子だし」

「え？」

「ほら、早く！」

促されるまま自転車に跨(また)がると、後ろからいきなり彼女が僕の腰に抱きついてきた。

「ちょっ……、何してんの!?」

慌てて振り返りながら、声を荒らげた。

「何ってニケツだよ、ニケツ。私、後ろで案内するからお願いします！」

「そんな……」

思いも寄らない事態に鼓動が一気に速まる。健全な男子高校生に何も意識するな、という方が難しい。

「初デートだね！」

呑気に笑ういのりに、思わず大きなため息が出る。相変わらず傍若無人な奴だ。でもここで悪あがきしたところで、僕が意識しているとバレて恥をかくだけだろう。

仕方なく僕は強靭な精神力で無の境地に自身を追い込み、ペダルを踏み込んだ。

周囲に風を生みながら、田園風景の中いのりを乗せて走っていく。そこら中から漂う青田の青臭い匂いが鼻をかすめ、燃えるように赤い西の空で、今日も一番星の金星が輝いていた。

背後の気配に鼓動は相変わらず乱れていたけれど、人のぬくもりをこんなに近くで感じたのは両親が他界して以来だ。妙に懐かしい気分になる。

彼女の体は軽くて、巻きついた腕は細くて、そのうち弾き飛んでしまうのではないかと幾度も冷や冷やとした。だから——もっと強く、僕に掴まっていて欲しいと思った。

いのりの道案内で走り続けると、ふいに目の前にある光景が飛び込んできた。彼女が言っていた場所はここだろうと、なぜかすぐにわかった。

そこには田園に囲まれてそびえ立つ、大きな杉の木があった。

十メートルを優に超えるその巨木の前には、まるで異世界への入り口みたいにぽつんと鳥居が添えられていて、神々しい雰囲気を漂わせていた。

いのりが自転車を降り、その巨木の方へ歩いていく。僕も自転車を停め、その後に続いた。巨木の横にひっそりと置かれた説明板には「頼朝の箸杉」と記されていた。

一本の大きな杉の木と思われたそれは、根元が二本に分かれていて、かつて源頼朝がここで食事をした際、地面にさした箸が成長してこの二本杉が出来たと言い伝えられているようだった。

彼女は鳥居の前で深々と一礼すると、それをくぐり二本杉を背にしてその場にしゃがみ込んだ。

「おいでよ」と手招きされ、僕はその一連を真似て彼女の隣に恐る恐る腰を下ろした。

頭上まで大きく広がった杉の枝葉が、僕達を包み込むように見下ろしている。その圧倒的な包容力に、なぜだか両親のことを思い出した。

赤く染まっていた空が、いつの間にか夜の帳を下ろしている。街灯などほとんどないこの町を、浮かんだ月がぼんやりと照らしていた。

ここにいると宇宙の一部として存在を肯定されるような、ただひたすら星霜を数えていれば何もかも許されそうな、そんな静穏な気持ちになる。

僕は一瞬でこの場所が好きになった。

いのりはポケットから例のりんご飴を取り出し、僕にも一本くれた。僕達はりんご飴を舐めながら、束の間静かに月を眺めた。

「満月ってなんで綺麗に丸く見えるか知ってる？」

いのりが黙っていたので、僕がそう話しかけると彼女はこちらを向きながら小首を傾げた。

「月と太陽が地球を挟んで一直線上にあるからじゃなくて？」

「それはそうなんだけど。普通、ボールの正面からライトを当てたら、中心が一番明るくなって、縁は少し陰になるよね。だけどほら、満月は縁まで輝いていて、まるで平面の丸みたいに見えない？　それがどうしてかってこと」

夜空に輝く満月を指差しながら、彼女に説明する。

「今までそんなこと疑問にも思わなかったけど、確かに言われてみると、満月って平面みたいに見えるね。どうしてなの？」

「あれは月の表面を覆っているレゴリスが反射して輝いてるからだって言われてるんだよ」

「レゴリスって、月の砂だっけ？」

僕は少し得意げに頷いた。

「そう。レゴリスはものすごく細かい砂なんだ。それが太陽の光を四方八方に反射してるから端まであんなに輝いて見えるんだって」

「すごい、さすが久遠くん！　これから満月を見るたびに思い出しちゃいそう」

彼女の感激ぶりに、僕もきっと満月を見るたび今夜のことを思い出すだろうと思った。もちろん口には出さないけど。

「久遠くんはさ、いつから宇宙が好きになったの？」

いのりに尋ねられ、隠すことでもないので素直に答えた。

「まだ両親が生きてた頃、一緒にペルセウス座流星群を観に行ったことがあったんだ。その時の思い出が忘れられなくて、今でも僕は宇宙ばっかり追いかけてる」

「それは、両親との思い出だから？」

「どうかな、でも宇宙のことを考えてると、色んなことがどうでもよくなるっていうか。その感覚が心地よかったんだ。なんか安心した。どんなに偉大な人も宇宙の前ではみんな、等しく小さいんだって」

僕の話にいのりはとても共感してくれているようだった。

「それ、すごくわかる。……じゃあ、今年のペルセウス座流星群は私も久遠くんと一緒に見れたらいいな」

いのりが肩を竦めて微笑む。

ペルセウス座流星群は毎年七月二十日頃から八月二十日辺りまで観測できる。両親が死んでからはいつも一人でその光景を眺めてきたけれど、もしかしたら今年は一人ではないかもしれない。そう思うとなぜか少し、気が楽になるような感じがした。

「君はどうして宇宙に興味を持ったの？」

僕がそう尋ねると、彼女は口を噤んだ後、ぽつりと呟いた。

「……久遠くんはさ、消えたいって思ったことある？」

思わず耳を疑って聞き返した。

「え？」

「私はね、消えたいって思う時ここに来るの」

月を仰ぎ見ながら、いのりは卒然とそう口にした。

いつもの印象からかけ離れた彼女の予想外の言葉に、僕は戸惑いながら尋ねた。

「どうして？」

「ここに来ると、ニュートンになった気分になれるから」

「ニュートンって、アイザック・ニュートンのニュートン？」

彼女はこくりと頷く。

「ニュートンは、りんごは木から落ちるのに、どうして月は落ちてこないのかを疑問に思って万有引力を発見したって話あるでしょ。今そんな気分」

……全く意味がわからない。

それにここは杉の木の下だ。

「私達は今、その時ニュートンが見ていたのと同じ月を見てるんだよ。そう思うと何だか感慨深い気分にならない？」

改めて月を見上げた。少なくとも僕は「月がどうして落ちてこないのか」なんて疑問にも思わないだろうから、やはりニュートンは偉大だ。

ニュートンに敬意を払いながら、僕はそうだねと呟いた。

「だけどニュートンも、私達が見ていない間、あの月がそこには存在してないかもしれないなんて思わなかっただろうね」

量子力学の話を当てはめれば、可能性は極めて低いが確かにそういうことになる。ニュートンの時代にはまだ量子力学の礎は築かれていなかったから、彼も当然知らなかったはずだ。

「月も……私も、誰も見ていない時はここにいないのかもしれないんだよね」

そう言いながら、いのりは徐に僕を見つめてきた。

彼女の瞳はなぜか少し悲しそうに揺れていて、それを見た途端、僕はどうしようもなく狼狽した。何か気の利いた一言でも言うべきだろうとはわかっていても、何も浮かんでこない。宇宙論は多少語れても、精神論はてんでダメなのだ。

「久遠くん、目瞑(つぶ)って」

「どうして？」

「いいから、目瞑ってみて」

困惑しながらも、仕方なく目を閉じる。

一体何をするつもりなのか見当もつかず、内心どぎまぎしていた。

すると、隣で彼女が小さく囁(ささや)いた。

「……どう？　私、消えた感じする？」

僕は少し考えてみてから答えた。

「君の声が聞こえるから、いるだろうね」

「あ、そっか。じゃあ黙る」

そう言っていのりは本当に一言も喋らなくなった。すると僕の前には微かな夜の気配と、瞼裏の漆黒の闇だけが広がった。毎晩眠りにつく前に見る景色と同じはずなのに、なぜかここで目を閉じた世界はひどく無味乾燥としていた。

「……もう、目開けていい？」

返事がないので恐る恐る目を開けると、彼女は変わらず隣に座って僕を眺めていた。

それを見て、なぜかとてもほっとした。

「私、消えてた？」

いのりがまた囁く。

目を瞑っている間、いのりがそこから消えていたかどうかはよくわからなかったから、「わからない」と正直に答えた。

「……そっか」

彼女は徐に立ち上がり、くるりと僕に背を向けた。

「もう行こっか。電車なくなっちゃうね」

そのままひょいっと鳥居をくぐり抜けると、自転車の方に歩いていく。

後を追いかけるように僕も慌てて立ち上がる。街灯もろくにない暗がりの中、少し離れるだけで彼女の背中は夜の闇に溶け、今度こそ本当に消えてしまいそうで思わず息をのんだ。

咄嗟(とっさ)に、いのりの背中に向かって声をかけていた。

「あのさ、」

彼女がその声に振り返る。

「さっき、君が消えたのかどうかはわからなかったけど、」

そこまで突発的に口走ってしまった後で、僕は声を詰まらせた。

この先の言葉は彼女を困らせないだろうか。

別にいのりのことを恋人だと認めているわけじゃない。自分から二人の時間を作っているわけでも、これ以上の関係を望んでいるわけでもない。突然告白されたあの日から、毎日、毎日飽きもせず付き纏ってくる彼女の相手をしてあげているだけだ。

けれど、いのりの口から「消えたい」という言葉が出た時、僕はショックだった。

両親が死んだ後、同じことを何度も考えたからその気持ちはよくわかる。

だから、いのりにはそんな思いを抱いて欲しくなかった。彼女には僕の代わりに、底抜けに明るい世界で笑っていて欲しいと思った。それがどんな感情なのかはよくわからない。

でも、だからこそ、さっき僕が感じたことを伝えてみようと思ってしまったのだ。

「……僕は、目を閉じている間も、君がそこにいればいいなと思ったよ」

もしかしたら彼女に好かれているという自惚れがどこかにあったのかもしれない。

こんな言葉をかけられても何の解決にもならないと思う。でも本心だった。

口にしたものの恥ずかしくなって、僕はそそくさと自転車に跨った。

無言のまま、いのりがさっきと同じように僕の腰にしがみつく。

また鼓動が忙しく高鳴って、誤魔化すようにペダルを踏み込もうとした時、

「……ありがと」

いのりが背後で微かにそう呟いた。

その声は震えていたような気がしたけど、多分、聞き間違いだったと思う。

――けれど、その年の夏。

神多いのりは自宅で殺人事件を起こし、失踪。

僕の前から忽然と姿を消すことになる。

Episode2　恋をする確率

五月下旬の金曜日、部室で辰巳先輩といのりが親睦会をやろうと提案してきた。

「それにね、五月末は辰巳先輩の誕生日だから、お祝いも兼ねて」

そう言いながらいのりは「蛍観賞」と題された一枚のチラシを僕に差し出す。

五月から六月、いすみ市の各所で蛍が見られるのは僕でも知っていた。「源氏ぼたるの里」という観光名所があるくらい、いすみ市は蛍が有名なのだ。

「空ばっか眺めてないで、たまにはこの地球の美しさに目を向けようってわけさ！」

得意げに親指を立てながら辰巳先輩が言う。

宇宙部の親睦会としてはどうかと思ったが、基本的に年長者には逆らわない主義だ。

机に突っ伏して寝ている雨宮を一瞥する。果たして彼も来るのだろうか。

結局その日のうちに、僕達は四人揃って蛍観賞に繰り出すことになった。

先輩と雨宮の自転車を借りたのだが、辰巳先輩が要らぬ気遣いをしたせいで、僕はまたいのりとニケツする羽目になった。彼女は当たり前のように腰に腕を回してきて僕の心臓を弄んでくるし、平穏無事な日常というものが、ここのところ疎かになっている気がする。

辰巳先輩が寝ぼけ眼の雨宮を後ろに乗せ、雨宮の自転車で颯爽と先頭を切って走り出す。元野球部の辰巳先輩に置いていかれぬよう邪念を振り払い、額に汗を滲ませながら必死にペダルを漕いだ。いのりの話し相手をしつつ、辰巳先輩の後ろで気怠そうにあくびをしながら、空を見上げている雨宮を眺める。雨宮の髪が夕日を浴びてライオンのたてがみのように黄金色に輝いていた。

しばらくして観賞スポットに到着すると、片田舎にも関わらず多くの人影が見えてきた。この時期は蛍目当ての観光客が遠方からもやってくるらしい。

自転車を停め、観光客が多く集まる場所を覗いてみる。

薄暗くなり始めた田畑の周りを、鮮緑の光がまるで緩やかな流星のように飛び回っていた。日が暮れるにつれその数は増えていき、風光明媚な景観をより幻想的に照らしていく。もし幼い頃、両親と観に出掛けたのが流星群ではなくここの蛍だったら、今頃僕は昆虫図鑑を宝物にしていたかもしれない、と本気で思った。

「地上も捨てたもんじゃないね」

隣でいのりが振り返りながら微笑む。今度ばかりは同感だ。

「蛍の光ってよく死者の魂に例えられるけどさ、なんかわかる気がする。魂ってきっとこんな風に綺麗なんだろうな」

いのりがそう話すのを聞きながら、ふと辰巳先輩の様子が気になった。陶酔するいのりの奥で、先輩はどこか物悲しげな横顔で静かに蛍を眺めていた。まるで本当に墓参りにでも来たみたいな哀傷が漂っている。いつも快活な笑顔で場を盛り上げてくれる先輩らしくない違和感だった。

辰巳先輩が僕の視線に気づき、振り返る。その瞳は無常に満ちていて、咄嗟に目を逸(そ)らしてしまった。見てはいけないものを見てしまったような気がしたのだ。

ただの考えすぎだろうか。もちろん僕の思い過ごしの可能性はある。

と同時に覚えるこの既視感は何か、と思ってすぐに思い出した。

それはいのりが「消えたい」と言った時の暗然とした感情と似ていた。

普段とは違う、僕の知らない別の顔を二人は同じように併有しているのだろうか。

「あ、やっぱり、朝日じゃないか」

突然近くで聞こえたその声に、僕だけじゃなく、いのりと辰巳先輩も同時に振り返る。

辰巳先輩の横で猫背にしゃがみ込んでいた雨宮に、大学生くらいの男が声をかけていた。

爽やかな好青年風のその男を、どこかで見た気がした。

「あっ、コンビニの店員さんだ」

隣でいのりがそう口にして、ハッとした。彼はいのりがいつもりんご飴を買っているコンビニの店員だった。

「ああ、君りんご飴の……もしかして弟の友達？」

「え、店員さん、朝日くんのお兄さんだったの？」

いのりは目を丸くして訊ねた。

「偶然だね、朝日が友達と一緒なんて珍しいから驚いたよ。弟がお世話になってます」

雨宮の兄はそう言って、律儀に一揖（いちゆう）した。

「そうだったんだ、朝日くんお兄さんと全然似てないから気付かなかったよ！」

「急にお邪魔してごめんね。僕も友人と蛍を見に来ていて、目立つ金髪の後ろ姿が見えたから、もしかしたら朝日かなと思って声をかけただけなんだ。いつもどっかフラフラしてて無愛想な奴ですが、これからも仲良くしてやってください」

そのまま政界進出できそうな清涼感漂うスマイルで、兄は僕らに微笑みかける。

兄弟でここまで印象が違うのも珍しい。兄の出来が良すぎると、弟はグレてしまうものなのだろうか。初めて少し雨宮に同情した。

いのりと雨宮の兄が親しげに会話していた矢先、雨宮が急に立ち上がり、逃げるようにその場から走り出した。

慌てて兄に一礼し、僕らは雨宮の後を追った。足の速い辰巳先輩がたちまち距離を縮め、自転車置き場でまごつく雨宮を捕まえる。

「ここまで付き合ったんだからもういいだろ。俺は帰るよ」

先輩に摑まれた腕を振り払いながら、雨宮が吐き捨てた。

「なに急に拗ねてんだよ？　それに今雨宮だけ帰られたら困るよ。さすがに三ケツは無理だし」

確かに自転車は二台しかない。今雨宮を帰せば、かなりの距離を歩かなければならなくなる。正直雨宮を引き止めるのも憚（はばか）られたが、僕にも彼を引き止めねばならない明確な理由が出来た。

息を乱しながら、いのりが尋ねた。

「どうして逃げたの？」

「別に逃げてねぇよ」

「じゃあ、もう家に帰るの？」

「家に帰るわけじゃねぇ。適当にどっかブラつくから」

雨宮が面倒くさそうに舌打ちをしながら呟く。どうやら雨宮は家庭内でも反抗期真(ま)っ只中(ただなか)のようだ。

「どうせブラブラするなら、一緒でもいいじゃん。今日は親睦会なんだし……そうだ、いいこと思いついた！」

突如、いのりが何か閃いたような顔をした。

彼女が何か閃く時は大抵僕まで巻き込まれる。嫌な予感がした。

「久遠くん家(ち)にみんなで泊まるのはどう？」

「は？」

僕はたちまち困惑して声を上げた。

「だって久遠くん、一人暮らしだったよね？」

以前お互いに自己紹介しあった過程で、今は他界した祖母の家で一人暮らしをしていると伝えてしまっていたのだ。まさかお泊まり会を提案されるなんて、あの時の僕に想像できるはずもない。

「ちょっと待って。三ツ矢くんって一人暮らしなの？　それ最高じゃん！」

まるで秘密基地を手に入れた小学生みたいに目を輝かせながら辰巳先輩が言う。やはりさっきの違和感は勘違いだったみたいだ。

「じゃあ今夜は、宇宙部のお泊まり親睦会に変更！」

「え、ちょっと……」

宿の主人抜きで話が進んでいく。

「久遠くん、お願い！　たまには終電なんか気にしないで、夜通しくだらないこと聞いたり話したり、そういうことで絆って深まると思うの。それに先輩の誕生日もあるし！」

いのりが顔の前で手を合わせて懇願する。

これまで誰かを家に泊めた経験も泊まった経験もない。僕には無縁の世界だと思っていたし、夜通し一緒に過ごして楽しませる自信もない。彼女が飽きもせず僕に構い続ける理由も、未だよくわからないままだ。

ふと、そんな自分がひどくつまらない人間に思えた。心機一転、新天地で高校生活を謳歌するつもりで引っ越してきたのに、たかだか家に泊めるくらいで尻込みしていては、僕の人生は一生退屈なまま終わってしまうかもしれない。

もしかしたら今僕は試されているのではないか、と卒然と悟った。

家は常にきちんと片付けているし、見られてまずいものも特にない。布団も祖母が暮らしていた時のまま押し入れに何セットか用意がある。意図せず準備は万端だ。

あとは自分が決心するのみだった。

「……まあ、別にいいけど」

「やった！　久遠くん家で初お泊まりだ！　なんかすっごく恋人っぽい！」

いのりが色めいたことを口走るのを聞いて、ぎょっとした。勝手に悟った気になっていたけど、気づくといつもいのりの思惑通りに行動させられている気がする。

彼女と出会ったあの日から、僕は平穏でつまらない毎日と引き換えに彼女が舵を取る船で荒天の大海原へ乗り出していたのかもしれない。無論、海上に逃げ場などない。

「雨宮もそれでいいよな？」

先輩の問いに雨宮はため息をつき、気怠そうに自転車の後ろに跨った。

今ため息をつきたいのは絶対に僕の方だと思う。

平屋建ての木造一軒家、築五十年。年季は入っているが、重厚な柱や梁が年月を重ね、精霊を宿したような独特の雰囲気がある。特に居間の和室に繋がる縁側と、そこから見える小さな池付きの庭が僕の一番のお気に入りだ。月明かりの下の読書は風情があって集中できたし、祖母がここで絵本を読み聞かせてくれた大切な思い出の場所でもある。

途中、スーパーに立ち寄って買った先輩の誕生日ケーキやお菓子、飲み物を居間の机の上に将棋崩しの如く積み上げる。

早速辰巳先輩は、我が物顔で畳にあぐらをかき、いのりは無許可で家中を探索に回り、雨宮は置いてあった座布団を並べて、簡易ベッドを製作している。静かだった僕の空間が一気に無法地帯と化した。

そして初めて四人は一夜を共に越した。お菓子を食べながらくだらない会話を繰り返していただけなのに、なぜか楽しくてあっという間に時が過ぎていった。

シャワーを浴びたいと言い出したいのりに、僕のTシャツとタオルを渡し、浴室に案内してから戻ってくると雨宮がいなくなっていた。

「タバコ吸ってくるって言ってた」

開け放した縁側に腰掛けて、辰巳先輩が言った。思わず真面目腐った台詞を口走りそうになったが、今夜はもう聞かなかったことにする。

新しく淹れたお茶を先輩に手渡しながら、僕も縁側に腰を下ろした。

いのりのシャワーの音と、名も知らぬ虫の声が夜のしじまに響いていた。

空には、猫の爪のような細い三日月と星々が瞬いている。

「そういえばさ、いのりちゃんとはもうチューした？」

不意打ちの質問に、僕は思い切りお茶を吐き出しながら先輩を凝視した。

「……はっ⁉　そんなわけないじゃないですか！」

「えー、しちゃえばいいのに。仲良いじゃん、二人とも宇宙に詳しいしさ」

確かに宇宙は好きだが、だからと言ってそれとこれとは別の話だ。

「俺はさ、正直宇宙とか全然わからないんだ。小学生の時からずっと野球ばっかしてきたしさ。強いて言うなら俺、双子座だからふたご座を見つけられるくらい。確かオリオン座の上辺り……」

そう言いながら探す先輩に、ふたご座は冬の星座だから五月に見るのは難しいと教えてあげた。

「辰巳先輩はどうして、野球部を辞めて宇宙部に転部したんですか？」

僕はいい機会だと思って尋ねた。

ずっと疑問だった。去年まで野球部だった辰巳先輩は、今でもグラウンドで練習する野球部員達を部室の窓からよく眺めていて、とても未練がないとは思えなかった。何か事情があるのだろうが、今まで何となく訊けずにきてしまったのだ。

でも今夜、いのりが言っていたように宇宙部の絆は少し深まったような気がした。だから思い切って訊いてみることにした。

ところが、その質問に先輩は黙り込んでしまった。

もしかしたらこれは、先輩にとっての地雷だったかもしれない。そもそも絆が深まったなんて一方的な思い込みで、僕は今先輩を困らせてしまっているのだろうか。

そう思い、慌てて別の話題を振ろうと口を開きかけたその時、

「……人を殺したんだ」

何かの聞き間違いかと思って、僕は間の抜けた声で聞き返した。

「え？」

「殺したんだ、宇宙部だった同級生を」

淡々とそう口にした先輩は、さっき目を逸らしてしまった時と同じ表情をしていた。

突然の告白に、僕は言葉を失ったまま呆然とする。

先輩が、人を殺した、宇宙部だった、同級生。

頭の中で反芻（はんすう）してみても、砂漠の砂で作る城のように言葉が脆（もろ）く崩れて纏まらない。

もしかして僕は、慣れない夜に疲れて夢でも見ているのだろうか。

「……罪滅ぼしだよ、こんなことしたってあいつはもう帰ってこないけどね」

ぼやくように呟く先輩の視線の先で、池に反射した三日月が心許（こころもと）なげに揺れていた。

かける言葉が見つからなかった。それに先輩の言葉を信じられなかったのも事実だ。そんな暗鬱とした空気を払拭するように、風呂上がりのいのりが勢いよく襖を開けて入ってきた。

「はぁー気持ちよかった！ お風呂ありがと……あれ、朝日くんは？」

僕の一張羅であるスター・ウォーズTシャツをワンピースのように着こなして、キョロキョロと部屋を見回しながらいのりが尋ねる。見事に僕より似合っていた。

「ちょっと涼みに行ったよ」

いのりの方を振り返りながら、先輩がいい加減なことを口走る。その表情はまた、いつもの辰巳先輩に戻っていた。

俺も風呂借りるね、と先輩が風呂場に向かった時、内心ほっとしていた。あれ以上どう会話を続けていいかわからなかった。

それにもし、先輩の言っていた殺人が真実なのだとしたら――。

いや、殺人が本当だとしたら辰巳先輩が今自由に生活していられるわけがない。つまり先輩はきっと僕を揶揄ったのだろう。

さっきまで先輩が座っていた場所に、今度はいのりが腰掛けて月を眺めている。いのりなら何か知っているかもしれないと思った。僕より先に宇宙部に入部していたわけだし、そもそもどうしていのりが廃部寸前の宇宙部に入ることになったのか、経緯を尋ねれば何かわかるかもしれない。

「そういえば君はさ、どうして宇宙部に入ることになったの？」

僕はそれとなく尋ねた。

「え、辰巳先輩に誘われたからだけど」

「それまでの経緯を訊いてるんだけど」

「入学してすぐ先輩から声かけられたの。もしかして宇宙好き？　って」

「どうして先輩は君が宇宙好きってわかったの？」

「その時私、図書室で宇宙のしくみって本を読んでたから。それで入部してくれないかって、私が入れば廃部を免れるから頼むって。必死に見えたし、宇宙好きだし、まあいいかなって」

「え、ってことは雨宮ってその時すでに入部してたの？」

「うん。朝日くんの方が先だったよ。入学してすぐ見学に来たらしくて、それで先輩、寝ててもいいから入部してくれって頼み込んだみたい」

なるほど、だから雨宮は寝ていても咎められないわけだ。いや、今は雨宮の入部の経緯はどうでもいい。

「でも先輩ってもともと野球部だったんでしょ？　なんで野球部辞めたかって、理由聞いたことある？」

「ああ、なんか去年試合中に肩を怪我したんだって。それで野球続けられなくなったって聞いたよ？　それで楽そうな宇宙部に入ったとか。詳しくは聞いてないけど」

やっぱり、と思った。さっきとは随分話が違う。

先輩はやはり僕を揶揄っていたのだ。絆が深まったゆえの悪戯みたいなものなのだろうか。全く悪趣味なジョークだけど、とりあえず胸を撫で下ろす。

「どうしたの、何かほっとした顔して」

「別に。ただ真実はいつも一つだよな、って思っただけ」

僕の返事にあまり納得いっていない様子で、彼女はふうんと鼻を鳴らした。

「じゃあ久遠くんはさ、宇宙の始まりってどんなだったと思う？」

いつもの如く、いのりが突拍子もなく壮大なテーマを語り始める。

「宇宙の始まり？　ビッグバンのこと？」

「ビッグバンやインフレーションが起こる前だよ。だって何もないところからいきなり爆発するはずないでしょ？」

今の宇宙物理学では宇宙初期、インフレーションという急激な膨張があり、超高密度、超高温になった宇宙が、その後ビッグバンにより広がっていったとされている。

そのインフレーションより前の無からどうして宇宙が始まったのか、を問うているのだろうが当然僕にもわからない。ただこの世の全ての悩みも突き詰めれば、結局宇宙がどうして始まったのか、に行き着く気がした。

「トンネル効果って教えてもらったでしょ？　私はあれが宇宙の始まりに関係しているんじゃないかって思ってるんだ」

どうやらいのりは、荒唐無稽なことを口走っているわけではなさそうなので、真剣に耳を傾ける。それに宇宙の話をする時の彼女が僕は結構好きだった。

真剣に向き合う僕にいのりは明らかに気を良くし、張り切って喋り出す。

「壁をボールがすり抜けるってことは、壁の外側の世界からすれば、何もないはずの場所に突然ボールが現れたっていう風にも取れるでしょ？　そうやってある時突然、『無』の宇宙の向こう側から『有』がやってきたんだと思うの。どうかな？」

「なるほど」

なかなか真理をついている、と思った。宇宙の始まりでは量子力学で扱うミクロの世界の常識が通用するわけだから、あながちおかしなことは言っていないはずだ。

「その仮説だと、宇宙の外側にはまた別の何かが存在しているってことになるよね？」

僕自身、多元宇宙論には関心がある。多元宇宙論とは、僕達が暮らす宇宙は唯一無二のものではなく、宇宙は他にも無数に存在するという考え方だ。

この宇宙には、人類にとってあまりにも都合が良すぎる条件がいくつも存在している。まるで神様がこの宇宙を微調整して人類を誕生させたみたいに。

その宇宙微調整問題を説明するべく、生まれたのが多元宇宙論だ。もしこの宇宙が様々な性質を持った無数の宇宙のうちの一つだったとしたら、偶然人類が誕生可能な環境を持った宇宙が存在したと考えることが出来る。

「もしそうだったら、この世界は色んな宇宙が連なって成り立ってるのかな。だとしたらすっごくロマンチックじゃない？　宇宙は私達の想像より遥(はる)かに広くて、そうすると私と久遠くんが出会った運命の確率もグンと狭まるし。ほら、もう運命としか思えないでしょ⁉」

僕は呆(あき)れながら言った。

「結局、またその話に繋がるんだね」

そりゃそうだよ、と彼女は笑いながら肩を竦めた。

「でも私はどんな他の宇宙より、今のこの宇宙の中に生まれてきてよかったよ。久遠くんに出会えたから」

不覚にもドキッとした。その拍子に先輩からのキスの質問を思い出してさらに脈が速くなった。風呂上がりのいのりからは僕と同じシャンプーの香りが漂ってくる。髪は艶(つや)やかに濡(ぬ)れていて、Tシャツの裾から覗く太ももは白く透き通って見える。

改めて可愛いな、と思う。彼女は誰から見てもすごく魅力的なはずだ。何をどう血迷ったら僕を好きになるのだろう。きっとその理由は死ぬまでわからない気がする。

「あっ！」

突然いのりが庭の方を見ながら大声を発し、我に返った。

「久遠くん、ちょっと目瞑って」

「え、またそれ？」

実はあの二本杉の下での一件以来、僕はたびたびこうして目を瞑らされている。そのたび、目を開けるといのりは目の前で満足そうに僕を眺めていて、全く意味不明だった。

どうやら彼女は、目的のないジャンケンをひたすら繰り返す子供のように、意味もなくそのやりとりを楽しんでいるだけみたいだ。

「いいから、早く！」

断るとしつこいので、やむなく目を瞑る。

しばらくそうしていると、「もういいよ」といのりの声が聞こえた。

目を開けてみると、彼女は目の前で何かを包み込むように両手を重ね、そっとその手を開いて見せた。

いのりの手の中で、鮮やかな緑光がぼんやりと灯った。

「池の前で見つけたの」

おぼろげな蛍火に照らされた彼女の無邪気な笑顔が浮かんでは消える。

今夜がもし満月だったら、その笑顔をもっと鮮明に映してくれただろうか。

無意識に思って、また胸が騒めく。

「もの思へば沢の蛍もわが身よりあくがれ出づる魂かとぞ見る」

いのりがふいにそう詠った。

「なにそれ？」

「あなたを想って物思いに耽っていると、沢の蛍も私の身から彷徨いでた魂かと見てしまうっていう和泉式部が詠んだ和歌。きっとこの蛍は、つれない久遠くんのせいで思い耽って飛び出した私の魂の一部だよ」

いのりは自分で言いながらくすくすと笑った。

蛍を眺めるフリをして、彼女を見つめた。

僕は恋をしたことがない。

そもそも僕なんかに好かれて喜ぶ相手がいるだろうか。

いのりは僕をつれないと言うが、こちらからすれば気まぐれに近寄ってきた野良猫の相手をしてあげているだけに過ぎない。

もし本気になってこちらから手を差し出せば、するりと逃げられるに決まっている。

だから別にこれは恋愛感情ではない。……これは恋なんかじゃない。

「君の魂の行方はわからないけど、蛍の寿命は十日くらいだって聞いたことあるよ。たった十日のために生まれてきたんだと思うと、少なくとも感慨深い気持ちになるね」

思いを断ち切るように、僕は蛍の生態について話を逸らした。

すると、いのりは束の間口を閉ざしてから静かに呟いた。

「もし命が十日しかなかったら、生きることを悩んだりせずに済んだのかな」

顔を上げて彼女を見る。時折、垣間見(かいまみ)える彼女のもう一つの顔。

次の瞬間、彼女の魂が彼女の手元から離れ飛び立っていった。

結局その日、いのりは僕のベッドで、男達は居間に布団を敷き詰めて眠った。

雨宮はいつの間にかフラッと帰ってきていて、敷いておいた布団に丸まって寝ていた。

なんだか野良猫のたまり場みたいだな、とその金色の襟足を眺めながら思う。

ただ、こんな日も悪くはない。

そんなことを考えて、すっかりいのりに侵食されている自分に思わず苦笑した。

*

昼休み中、僕は誰もいない部室にいた。

「人を殺した」という辰巳先輩の告白を信じたわけではないが、去年先輩が転部してくる前の宇宙部が写った写真か何かがないか探していたのだ。すると歴代の天体観測ノートなどが保管されている棚の奥に、年号が記されたアルバムを見つけた。その中から去年の年号のものを引き抜いて中を開いてみる。

天体写真とともに知らない三人の男子生徒の顔が並んでいた。彼らが去年まで宇宙部に所属していた先輩部員だろう。学年は書いていない。辰巳先輩は同級生だったと言っていたから、もし話が本当なら、その一人は去年二年生で現在は三年生、学校を辞めていなければまだ在校生のはずだ。

その写真の中には三人以外にもう一人、よく知る顔が写っていた。

僕はその写真を一枚だけ引き抜き、アルバムを棚にしまって部室を出た。

「紫藤先生ならいないよ？」

職員室の扉を開けようとしていた僕の前を、りんご飴を舐めながら通りかかったいのりが言った。どうやら彼女は神通力(じんつうりき)でも持っているみたいだ。

僕は扉にかけていた手を引っ込めて、いのりに尋ねた。

「どこにいるか、知ってるの？」

「ううん、知らない。でも紫藤先生いつも昼休みになるとどっか行っちゃうから」

「いつも？」

「だってほら、」

彼女は二階の廊下の窓から下を覗き込んで手招きをした。促されるまま彼女の隣に行って窓の外を見下ろす。雨が降っていた。今朝の天気予報番組で梅雨入りが宣言されていたから、しばらくこの雨は続くのだろう。

二階の窓からは校門と職員用の駐車場が見えた。

「紫藤先生って赤い車なんだけど、今ないでしょ」

確かに駐車場に赤い車は並んでいない。ということは、本当に外出中なのだろうか。

図らずもその時、一人の生徒が平然と校門から外に出ていく姿が見えた。透明のビニール傘の下に、金髪の後頭部が見える。あの猫背で歩く佇まい、間違いなく雨宮だ。

「雨宮の奴、サボりかな」

「違うよ」

りんご飴を咥えたニュートンがまたもや神通力を使って、きっぱりと言い切る。

「紫藤先生の居場所は知らないけど、朝日くんがどこに行くのかなら知ってる」

「君はもしかして、ストーカーか何かなの？」

「そうだ、久遠くん。今からデートする？」

僕の言葉を黙殺し、彼女はまた何か閃いた顔をした。いのりがこの顔で何か提案する時、もはや僕に拒否権はない。

「今からってまだ昼休みだよ」

「昼休み終わるまでに帰ってくればいいじゃん」

僕が躊躇している間にも、強引に腕を引かれ下駄箱で外靴に履き替えさせられていた。

　相合い傘を提案されたが、はっきりと断ってそれぞれに傘を差しながら外に出る。誰かに見つかりはしないかと少し冷や冷やしたが、雨のせいか校舎の外には誰もいなかった。

　校門を出て、いのりに先導されるまま海の方角に向かった。しばらくすると、海のそばの路地裏に突き当たり、ブロック塀に囲まれた空き地の中でしゃがみ込んでいる雨宮の姿を発見。どうやら雨宮探しのデートだったらしい。

　彼はなぜか開いたままの傘を地面に置き、しとどに髪や体を濡らしていた。その光景を見たいのりが雨宮に駆け寄って上から傘を差しかける。気づいた彼はふと顔を上げた。

　その時何かの鳴き声が聞こえて、雨宮が置いていた傘の下に目を向ける。真っ白な毛長の猫が一匹、紙皿の上の餌を食べながら満足そうな声を上げていた。

　雨宮の傘が、食事中の猫のために差しかけられていることは、すぐにわかった。

　起きている間はいつも不機嫌そうなあの雨宮が、自らびしょ濡れになってまで猫に傘を差しかけている姿はかなり意外だった。

「何しに来たんだよ」

雨宮が舌打ちまじりに呟く。僕らへの態度は相変わらずだ。

僕は雨宮に近づき、見下ろしながら尋ねた。

「雨宮って猫好きなの？」

「だからなんだよ」

雨宮は威嚇でもするように吐き捨てる。最近はその態度にも慣れてしまって、あまり恐怖も感じない。

「なんか意外だなと思って」

「朝日くんはいつも、この野良猫ちゃんのために昼休憩はここに来てるんだよ」

前に偶然学校から出てくとこ見つけて後つけてみたらここに、といのりは平然と語った。やはり彼女にはストーカーのきらいがある。

餌を食べ終わった猫が、ぐるぐると喉を鳴らしながら雨宮の足に擦り寄る。僕達が近づいても逃げない辺り、随分人間には慣れているようだ。

「僕も撫でていいかな」と尋ねると雨宮は「勝手にすれば」と許可してくれた。そもそも野良猫なわけだから、許可を取る必要はないのだけれど。

そっと頭を撫でてやる。雨宮が来るまで雨に濡れていたのか、毛先が少し湿っていた。僕の手に頭を擦り付けて喉を鳴らし、もっと撫でろと催促してくる。

いのりは撫でないのかと訊くと、匂いがつくと飼い猫がヤキモチ妬くからと雨宮に傘を差しかけたまま肩を竦めた。

「すごく懐いてるみたいだね。雨宮の家では飼えないの？」

このまま置いて帰るのが何だか忍びなくて、思わず彼に尋ねた。

雨宮はため息まじりに「それが出来たらとっくに飼ってる」と言った。

「私の家も猫がいるんだけど糖尿病で手が掛かってるから二匹目は難しいんだよね……あ、久遠くん家は？　一人暮らしだし、親の許可とかいらないよね」

いのりから期待の眼差しを向けられたが、やむなく首を横に振った。

「僕もさすがに猫を飼う余裕はないな。それに学校でほとんど家空けちゃうし」

三人でやるせない思いを共有しながら、喉を鳴らしまくる猫を見つめた。

「こんなに人に懐いてるってことは、捨てられちゃったのかな」

僕がそう口走ると、雨宮がぽつりと呟いた。

「そんな人間死ねばいい」

物騒な物言いだけど、猫を思うゆえの発言ではあるのだろう。

「やっぱ朝日くんって優しいよね」

いのりが肩を竦めてくすりと笑う。

「は？　ふざけんな」

「猫好きヤンキーって呼ぼう」

「うぜえ」

雨宮と言い争いながら楽しそうに笑ういのりを見ていたら、なぜだか少し胸が痛んだ。

結局雨宮は猫のために傘を置いたまま、いのりが差しかけた傘の中に入って学校まで戻った。その光景を後ろで眺めていた僕は終始ずっと釈然としない気分だった。彼女は雨に濡れる雨宮に傘を差しかけていただけだ。それなのにこの胸のざわめきは何だ。……これじゃまるで、僕は雨宮に嫉妬しているみたいじゃないか。

学校に戻ると、職員用駐車場に赤いミニバンが停まっていた。紫藤先生の車だ。二人と別れ急いで職員室に向かう。案の定、紫藤先生は戻っていてデスクに座っていた。

綺麗に整頓されたデスクには、過去の卒業生と写った写真や赤ん坊を抱いた家族写真などがいくつか飾られている。

「どうした？　三ツ矢くんが部活時間以外に僕を訪ねてくるなんて珍しいね」

紫藤先生はコーヒー片手に狐につままれたような顔をして言った。

昼休みの終了時間が迫っていたので、僕は単刀直入に尋ねた。

「この写真なんですけど」

ズボンのポケットにしまっていた例の写真を取り出して見せる。

途端に紫藤先生の目の色が変わった。その写真の中には元宇宙部員の他に、当時から顧問だった紫藤先生の姿も写っていた。

「これ、どうしたの？」

「部室で見つけて。これって去年の宇宙部員ですよね」

ああ、と紫藤先生が頷く。

「この中に、この時二年生だった生徒っていますか？」

紫藤先生の顔に、一瞬戸惑いのようなものが浮かんだ気がした。一黙の後、写真の中の一人の生徒を指差して先生は言った。

「彼は、当時二年生だったよ」

指差された生徒は写真の一番左側に写っていた。地味な印象だけれど、人当たりの良さそうなえびす顔が会ったこともないのに親近感を抱かせる。

「この人、どうして宇宙部辞めちゃったんですか？　まだ在校生のはずですよね？」

僕の追求に、紫藤先生は何らかの意図を感じたのか聞き返してきた。

「誰から聞いた？」

「いえ、別に誰ってわけじゃないですけど」

「辰巳くんか？」

図星を突かれ思わず言葉に詰まる。確かに宇宙部で唯一写真の中の彼と交流があってもおかしくないのは、同級生の先輩だけだ。

紫藤先生は一度深いため息を吐いてから、静かに呟いた。

「……死んだんだよ。去年の冬に事故で」

「事故？」

「堤防から海に落ちて、水死したんだ」

「え、」

その時、昼休み終了を知らせるチャイムが学校中に響き渡った。

教室に戻る生徒達で廊下が徐々に騒がしくなっていく。

「三ツ矢くんももう戻りなさい。授業に遅れるよ」

先生は空になったコーヒーカップを手に立ち上がりながら諭した。

質問を重ねる時間もなく、礼を言って職員室を後にする。

職員室の外で、再び手の中の写真に目を落とした。

先生は事故と言ったが、どこか落ち着かない様子に見えた。

果たして辰巳先輩と紫藤先生、どちらが本当のことを言っているのか。

写真の中の彼に会ったこともない僕には、わかる由もなかった。

*

去年の十二月、近所の住民による通報で水死体として発見されたのが、当時いすみ高校二年生で、宇宙部に所属していた秋津(あきつ)佳也(よしや)だった。

その記事は、ネットでの簡単なワード検索ですぐに見つかった。葬儀の写真までヒットして、そこには紫藤先生を始めとした高校の教職員、そして多くの生徒らが参列している様子が写し出されていた。

事故前日の夜、秋津佳也は友人宅を訪れた後、堤防から足を滑らせ海に転落——事故死として処理されたようだった。

それにしてもどうも腑(ふ)に落ちない。なぜそんな真夜中に真冬の海の堤防になど登っていたのだろうか。本当に足を滑らせて落ちただけなのか。まさか本当に先輩が……。

「三ツ矢くん、ちょっとこれいい？」

振り返ると、辰巳先輩が物理室に飾られた七夕用の大きな笹の前で僕を呼んでいた。

七月に入って間もなく、この笹を物理室に運んできたのは紫藤先生だ。

「七夕用に、毎年飾りつけるのが宇宙部のしきたりらしくて、手伝ってくれる？」

先輩はすでに各学年から集められていた記入済みの短冊を淡々と笹に括り付けながら言った。

この間ホームルーム中に短冊が配られ、記入させられたことを思い出した。

今日はいのりもまだ部室に来ていない。ちらりと教室の奥に目を向けると、雨宮は今日も今日とて机に突っ伏して眠っていた。

わかりました、と何食わぬ顔で先輩に倣って短冊を笹に括り付けていく。

辰巳先輩は僕にあの告白をした以降も相変わらず優しくて、強いて言えば夏の始まりを象徴するように蝉が鳴き始め、緑が生い茂るのと同じように、辰巳先輩の肌は日ごとにますます真っ黒に焼けていった。どうやら毎日地元の仲間らとサーフィンをしているらしい。部活以外でもいつもたくさんの友人に囲まれている先輩は、とてもじゃないが殺人を犯す凶悪犯には見えない。

――人を殺したんだ。

あの告白が一体何を意味していたのか、直接訊いてしまえば話が早いのだが、ただの悪い冗談だとしたら、本気にしていたこっちが失礼な気がして言い出せなかった。

「三ツ矢くんは短冊に何を書いたの？」

「全然大したこと書いてないですよ」

「健康祈願とか？」

「……平穏無事に過ごせますようにって」

「うわ、夢がないねー」

辰巳先輩が悪気もなく白い歯を見せて笑う。自分でもそう思うから仕方がないけど。短冊にどんな大層な夢や願いを書いても、科学的に考えて叶うわけもない。なのに真面目に頭を捻(ひね)る方が馬鹿らしい、なんて言ったらつまらない奴に拍車がかかりそうなのでやめておいた。

「辰巳先輩は何て書いたんですか？」

「んー……俺？　俺はね、秘密」

先輩は肩を竦めながら、空笑いを浮かべた。

例のことが気になっていた手前、それ以上問うことも出来なかった。

「あ、これ雨宮の短冊じゃん」

今度はそう言って、先輩が僕にそれを見せてくる。

【──死ね　一年C組　雨宮朝日】

目の前でネタにされても起きる気配はまるでない。

「こっちの束は一年A組のか、じゃあいのりちゃんのもあるんじゃない？　どうする？　三ツ矢くんと結婚したいとかだったら」

「ちょっ……そんなわけないじゃないですか！」

先輩が変なことを言い出し、声が裏返った。反論を無視して、先輩はにやにやと謎の笑みを浮かべながら野次馬根性で束を捲って（めく）いく。自分のことは棚に上げて、人の願いを勝手に盗み見ようとするなんて悪趣味極まりない。

あ、と先輩が一枚の短冊を見て捲る手を止めた。思わずドキリとする。

先輩はひとり、それに目を通してからちらりと僕を見やる。

「知りたい？」

「なんだよこれ、怖えな」

先輩が笑う。口の悪い雨宮らしいが、

「……別に」

「ああ、そう。じゃあこれは別のとこに」

さっと先輩がいのりの短冊だけズボンのポケットにしまいかけ、慌ててそれを止めた。

「いや、その……そこまで焦らされると気には……なります」

あんな言い方をされたら誰だって気になるものだ。とはいえこれでは、先輩を悪趣味だなんて言えた義理ではない。

「残念、三ツ矢くんとの結婚願望ではないみたいだよ」

辰巳先輩はひとしきり僕を揶揄った後、いのりの短冊を渡して寄越した。

【――一年A組　神多いのり】

「いのりちゃん、まさかの無記入」

辰巳先輩が再び作業に戻りながら呟いた。

とんだ空騒ぎにふっと肩の力が抜ける。一体僕は何を期待していたのだろう。

それにしても「死ね」の後に無記入とくると、僕の願いはまだまともだと思える。

「そういえば、紫藤先生って結婚してましたっけ?」

ふいに気になって先輩に尋ねた。

「いや、独身らしいよ。前に女子生徒達から質問されてるの聞いたことあるし……あ、そういえば、それで思い出した」

再び辰巳先輩が思わせぶりに口を開き、僕は怪訝に顔を上げた。

「この間さ、いのりちゃんと紫藤先生が何か深刻そうな雰囲気で話してるとこ見たんだよね。若干口論っぽくもなってる感じだった」

「え、先生とですか?」

何か知ってる? と訊かれたが何も知らないし、いのりと紫藤先生が口論になる理由なんて見当もつかなかった。彼女の部活態度は悪くないし、強いてあげるなら学校内でも平気でりんご飴を食べているところくらいだろうか。でもそれなら、僕らの前でだって注意するはずだ。

と、その時いのりと紫藤先生が同時に物理室に入ってきた。

「あ、短冊つけてるー! 私もやりたい!」

駆け寄ってきたいのりは手近な短冊を一枚手に取り、早速笹の葉に括り付け始める。

さりげなく、いのりと先生を交互に見やった。二人の間に険悪な雰囲気など一切なく、極めていつも通りに見える。辰巳先輩に目を向けると、それに気づいた先輩も肩を竦めてみせた。

七夕当日、夜間天体観測のためファミレスで夕食を済ませた後、再び学校に戻ってきた僕ら四人は、天体望遠鏡や双眼鏡を抱えて屋上へと登った。夜行性なのか、珍しく雨宮も起きていた。

運良く快晴に恵まれたその夜、空には肉眼でも捉えることの出来る天の川が照らし出されていた。都心の空ではまず観ることの出来ない光景だ。

天の川を観測するなら視野が広がる双眼鏡の方が向いている。これも紫藤先生の私物らしい。倍率も口径も違う双眼鏡をいくつも所有しているあたりはさすがだった。中には口径が百ミリを超えるものもある。それで覗き見る天の川の圧倒的なスケールと神秘は言葉では言い尽くせない。僕達は奪い合うように代わる代わる双眼鏡を覗き込みながら、夜空に輝く天の川の星々を拝んだ。

「天の川は僕達が生きる天の川銀河そのものの姿なんだ。地球もあの川を流れる星屑(ほしくず)の一つに他ならない。七夕らしい話をするなら、織姫(おりひめ)の星であるベガは二十五光年、彦星(ひこぼし)の星アルタイルは十七光年しか地球から離れていないんだよ」

とはいえ果てしなく遠いことに変わりはないけどね、と先生が空を見上げながら説明してくれる。

「ちなみに夏の大三角形を形作るもう一つの星、デネブは約一四〇〇光年も離れている。この三つの星は地球から見てほぼ同等の大きさに見えるけど、本当は三つ星の中でデネブだけずば抜けて大きいんだ。デネブは半径が太陽の百倍以上もある超巨星だからね」

「光年ってどういう意味？　俺いまいちわかんなくて」

隣で辰巳先輩が僕に耳打ちする。

「光年っていうのは地球からその星までを光の速さで表す距離です。光は一秒に三十万キロメートル進む、例えるなら一秒で地球を七周半出来るスピードですね。そのスピードでベガなら二十五年、アルタイルなら十七年かかるって意味です」

「三ツ矢くんの言う通り。つまり、今僕達が見ている星の光は過去のものなんだ。アルタイルなら十七年前の星の輝きがようやく今、僕達の目に届いたことになる。逆も然り。もしアルタイルに宇宙人がいて、ものすごく遠くまで精密に見通せる望遠鏡を持っていたとしたら、それで今地球を覗いた時、ちょうど君達が生まれた時くらいの過去が今起きていることとして見えていることになる」

先生は少しだけ僕らに考える時間を与えてから、さらに続けた。

「つまり、僕達の過去も視点を変えれば現在になるし、僕達の今も視点を変えれば未来として映るということだよ。だからもしかしたらこの世界は、過去も現在も未来も、同時に存在しているってことなのかもしれない」

そう語る紫藤先生の言葉を聞きながら、ふと両親のことを思った。十七年前であれば、僕が生まれる少し前で両親もまだ健在のはずだ。もし過去に行けたら、僕は両親の事故を未然に防ぐことが出来るのだろうか。

「……その過去に戻ることは出来ないんですか」

隣で辰巳先輩がぽつりと呟いた。

僕は思わず先輩の横顔を盗み見た。その表情はいつになく悄然(しょうぜん)としていた。

「出来ないよ。光より速く移動することなんて不可能だし、もし同時に存在していたとしても、人間は過去から未来へ一方通行にしか進めないから」

理路整然とそう答えたのは雨宮だった。

確かに今の文明では難しそうだね、と紫藤先生が同調する。

辰巳先輩はそれを聞いて、ため息を吐きながら恨めしそうにアルタイルを仰いでいた。

ふいに双眼鏡を覗き込んでいたいのりが声を上げた。

「観測ノート忘れちゃった！　私取ってきますね」

危ないから三ツ矢くんも一緒に行ってあげて、と先生に指示され僕も彼女の後を追って部室に戻った。

ノートを探すいのりを部室で待っている間、飾られた短冊にふと目を留めた。

そういえば、辰巳先輩が短冊に何て書いたのか知らずじまいだった。先輩だって人の短冊を見て馬鹿にしていたんだからおあいこだろう。好奇心に負け、僕は先輩の短冊をこっそり探してみることにした。短冊はクラスごとにまとめて飾られているから、すぐに先輩のクラスのものも発見出来た。

そしてその中に先輩の短冊を見つけ、手を止めた。

【――もう一度会いたい　三年Ｄ組　辰巳慎也】

水難事故で亡くなった秋津佳也のことだろうとすぐに察した。

――過去に戻ることは出来ないんですか。あれは先輩の願望だったのだろう。真実は未だ不明だが、少なくとも先輩はその過去に未練を残している。

「何見てるの？」

突然、背後から声をかけられ慌てて短冊から手を離した。

「あ、そういえば久遠くんは何て書いたの？」

いのりはさっきまでの僕と同じように短冊を探し始め、あっさりと見つけた。

「なにこれ、つまんない！」

あらかた想定内のセリフを吐かれ、思わず苦笑する。僕は自他共に認めるつまらない男だ。

「君だって何も書いてなかったじゃん」

そう反論してから、しまったと思った。

「え、久遠くん私の短冊見たの？」

自ら罪を白状した僕に、いのりは目を細めながら詰め寄った。

「ごめん、たまたま辰巳先輩といる時に見ちゃって。なんで何も書かなかったの？」

「だって、神頼みなんかで願い事が叶うわけないでしょ」

彼女ほど名前と相対する人間がいるだろうか。

「それに、どうせ願いが叶うなら妹の願いが叶って欲しい。私シスコンだから」

なぜか彼女は誇らしげにそう言った。兄弟のいない僕にはいまいちわからない感覚だ。

「そういえば君は母子家庭だって言ってたけど、お父さんはどうしたの？」

話の流れで何気なく尋ねた。両親がいない僕にとってそれは大してセンシティブな質問ではなかった。

けれどそれぞれ家庭には複雑な事情もあるのだろう。

その質問にいのりは少し答えづらそうにしていたが、口ごもりながらも教えてくれた。

「私が七歳の時、自殺したの。今の母親と再婚して間もない頃だった」

その言葉に違和感を覚えて、思わず聞き直した。

「今の母親って？」

「私の家、ちょっと色々あってね。今一緒に暮らしている母親は本当の母親じゃないの。もともとは父親の不倫相手だった人。本当の母親は、父親と不倫相手との間にすでに子供が出来ていたことを知って、私を残して家を出ていっちゃったから」

「じゃあまさかその妹って、」

彼女は小さく頷いた。

「父親が再婚する時、いきなり姉妹が出来てさ。本当びっくりしちゃうよね」

でも妹に出会わせてくれたことは父親に感謝してる、といのりは笑ってみせた。

奇しくも、僕らは実の両親を二人とも失っている者同士だった。きっと彼女も、これまで僕と同じような思いをしてきたのだろう。予期せず知った彼女との共通点に、なぜか僕の苦手な運命という二文字が頭に浮かんだ。

その時、彼女が思いも寄らぬ行動を起こした。

突然僕の短冊を笹の葉から引き剝がしたかと思えば、目の前でビリビリと破り捨て始めたのだ。まさかそこまでされると思っていなかった僕は、呆然としながら塵となって床に落ちたそれを見つめた。そしていのりは予備に置いてあった短冊を手にして言った。

「よし、やり直し！」

さっきまで深刻な話をしていたのが嘘のように、彼女は清々しい顔をしている。

つまらないことは百も承知だが、やり直すほどのことなのか甚だ疑問だ。

そもそも願いなんか叶わないと自ら吐き捨てたばかりなのに。

「そんなこと言われても、別に書くことないし」

「なんかないの？　願いっていうか決意とか、野望とか、将来こうなるんだとかさ、」

「だから平穏無事な暮らしを……」

ふいに、いのりがまたあの閃き顔を披露した。瞬時に嫌な予感が脳裏をかすめる。

「ねえ、目瞑って」

「またそれ？」

「いいから、ほら早く」

僕は仕方なく目を瞑る。いつもの如くしばらく放置され、「もういいよ」とお許しが出てから目を開けた。

いのりは短冊を笹に括り付けながら満足そうに口角を上げていた。

「代わりに書いておいてあげたから」

「え、何書いたの？」

さすがに僕の名前で変なことを書かれた短冊が飾られるのは敵わない。慌てて後ろからそれを覗き込んだ。

【──運命を信じたい　一年C組　三ツ矢久遠】

「この願いは叶うよ、なぜなら私が叶えるから！」

笹に飾り終え振り返ったいのりは、親指を立てながら得意げに言い放つ。

それはもう、いのりが僕に信じさせたい願望でしかなかった。本当にしつこい奴だ。だけどその執念深いしつこさが、もはや逆に清々しくて、思わず大声を出して笑ってしまった。腹を抱えて笑う僕に釣られて、いのりも一緒に笑い出す。

僕達はその後もしばらくの間、物理室に来た目的を忘れて笑い合っていた。

その日、終電の時間が過ぎていた僕といのりは先生の車で家まで送ってもらった。

誰もいない玄関を開けた時、今まで以上に強い孤独を感じた。孤独自体はいつも胸の真ん中にあったのだけれど、改めて今一人のこの時間を寂しいと感じている。

その理由は明白だ。

脳裏に蘇る(よみがえ)のは、さっきまで一緒に笑い転げていたいのりの一挙手一投足。

本当はとっくに気づいていた。でも気づいていないフリをしていた。

本気になって、拒絶されるのが怖かったから。

でももう、自覚せずにはいられなかった。

いつの間にか彼女の背中を目で追うのが癖になっていることも、他人と楽しそうに話す彼女に嫉妬してしまうことも、寝る前にいつも彼女のことを思い出すことも、認めてしまえばその全てに説明がつく。

——どうやら僕は本当に、彼女に恋をしてしまったらしい。

けれど不思議な感覚だった。好きになった彼女はもう僕の恋人なのだから。

この気持ちに気づいたところで何かが変わるのか、僕にはわからなかった。

*

恋をすると何も手につかなくなる、という現象はどうやら実在するらしい。

自分の恋心を自覚した日から、授業中も、読書中も、気づけば彼女のことを考えている。部活中も彼女のことばかり目で追っていて、美しい星々の輝きさえ霞んで見えるほどだ。

事実、彼女は超新星爆発直後の星のように急激にその輝きを増していた。そのせいでどこにいてもすぐに見つけてしまい、その眩しさのせいで本当に何も手につかなくなりかけていた。

どうかしている。こんな感情に振り回されるなんてらしくない。まるで自分が自分じゃないみたいで、何とかしなければと踠くほど蟻地獄のようにますます深く沈んでいった。

もちろんいのりは、そんな僕の心の変化を知る由もない。

今日も部活中、彼女は距離感も考えずに顔を覗き込んできた。

「どうしたの？　今日なんか変だよ」

彼女の大きな瞳が近距離で見つめてきて、無自覚に僕の心臓を弄ぶ。

「べ、別に、普通だけど」

咄嗟に顔を逸らしながら反論する。

「ふーん」

納得いかなそうに鼻を鳴らしたかと思えば、また顔を接近させながら口を開いた。

「久遠くんはさ、私にドキドキしたりする？」

「は⁉」

「よく考えたら、一目惚れしたのも私だし、告白したのも私だし、何かといえば全部私からで、久遠くんが私のことどう思ってるのか心配になってきた」

散々振り回しといて、酷い言い草だ。そんな彼女に恋してしまった僕も僕だけど。

おかげさまで君がそばにいると四六時中鼓動が煩くて困っている、なんて言えば彼女の思う壺な気がするので黙秘する。

何も答えない僕に首を傾げながら、いのりはさらに突拍子もないことを口にした。

「試しにキスしてみる？」

「は？　何言ってんの──」

思わず声を裏返しながら露骨に狼狽してしまった。

今までは登下校時を共にするだけの健全な関係で、いのりもそれ以上求めてくることはなかったし、僕も好きだと気づいたのは最近のことだったから、こちらから何かしようなんて考えたこともなかった。

もしこの関係がずっと長く続いていったとして、その先にキスや、それ以上のこともあるかもしれないとは思うが、まさかこんなに早く迫られる日がくるなんて想像もしていない。

好きでもない相手にキスを迫られても困るが、好きな相手に迫られるのはもっと困る。嫌じゃないのに、どう誤魔化していいのかわからなくなるから。

その時、彼女が例の閃き顔を披露した。何をするつもりか知らないが、絶対に良からぬことを考えているに決まっている。

「いいこと思いついた！　来て！」

彼女はそう言って立ち上がるなり、僕の腕を引いて職員室に向かった。天体観測の時に使った備品を屋上に忘れてきてしまった、というもっともらしい理由をつけて屋上の鍵を手に入れ、そのまま屋上へ向かい、僕達はよく晴れた夏空の下に飛び出した。

一体何をするつもりかと警戒し、少し距離を置きながらいのりの後を歩く。

彼女が屋上の縁のブロック塀からひょいと下を覗き込み、そして振り向きながら言った。

「久遠くん、ちょっと目瞑って」

何か得体の知れない嫌な予感が脳裏を過ったが、どうせ断っても無駄なので仕方なくその場で目を瞑る。

少しして、いのりからの「もういいよ」で目を開けた僕は、唖然とした。

彼女は地上六階建て校舎屋上のブロック塀の上によじ登り、生と死の狭間に立ち竦んでいたからだ。

「何やってんの!?」

突然自殺を企てた様子の彼女に、慌てふためいて声を荒らげながら叫んだ。

どうやって彼女をあの場から引きずり下ろすべきか、下手に近づいて彼女を煽るのも嫌だし、先生を呼びに言ってる間に転落したら洒落にならない。

無意識に両親が他界した事故の時の記憶までもが蘇ってきて、冷静に対処すべきなのに、心臓が激しく脈打ちとても平常心ではいられなかった。

「恋の吊り橋効果って知ってる？」

　ふいに、ブロック塀の上のいのりがそんなことを口走る。

「……は？」

「吊り橋とか危険な場所で不安や恐怖を感じている時に出会った人とは恋に落ちやすいっていう学説だよ。人は危険を感じてドキドキしているのを、恋のドキドキと勘違いしてしまうっていう」

　まさかと思って尋ねた。

「もしかして君のそれ、吊り橋効果を狙ってやってるの？」

「ドキドキした？」

　いのりは悪びれる様子もなくにやりと笑みを浮かべる。

　どうやら彼女は自殺を企てたわけではないらしい。とりあえず安堵しながら、あまりにも自分の命を軽視した彼女の行動に何か別の危うさを感じた。彼女は無意識でしているのかもしれないが、いつか本当にそこから飛び降りて消えてしまうのではないかと思った。

　それを想像しただけで再びトラウマのような両親の死と恐怖が蘇ってくる。

「もうやめて」

「じゃあさ、手繋いでみる？」

懲りることなく、ブロック塀の上から軽口を叩く彼女。

「何でそうなんの」

「別にキスでもいいんだよ、私は」

「だから何でそうなるんだって」

「ほら、久遠くんが手貸してくれないと私本当に落ちちゃうかも」

彼女はわざと背後を気にするような仕草で僕を煽る。

「もうわかったよ。でも一つだけ約束して」

「約束？」

「もうこんなことしないで。……僕はもう二度と、大切な人が死ぬところを見たくないんだ」

俯きながら、僕は彼女に向かって手を差し伸べた。正直少し怒っていた。

少し間があってから、彼女が僕の手を握って降りてくる。

思っていたより細くて小さな手だった。その手をしっかりと握り返す。

ぬくもりのあるその手が、僕に冷静さを取り戻させてくれた。大丈夫、彼女は死なない。

両親の時とは違うのだ、と頭の中で誰かが優しく諭している。

ちらりと横目で覗き見ると、彼女は予想に反して顔を真っ赤にして俯いていた。

そして「ごめんなさい」と小さく呟いた。

衝動的に彼女を抱きしめたい気持ちになったが、当然そんな大それたことが出来るはずもなく、僕達は何事もなかったように手を離し、部室へ戻った。


それから間もなくして、とある二つの事件が起きた。

深夜、いすみ高校に何者かが侵入し、物理室に置いてあった薬品が盗まれたのだ。

さらに盗難事件とほぼ同時期に、近くで別の事件が発生。

海辺に住み着いていた野良猫の死骸が立て続けに数匹見つかった。死骸にはいずれも刃物で刺されたような傷があり、段ボール箱に入れられた状態で発見された。猫連続殺害事件は報道番組でも小さく取り上げられ、殺された猫の柄や特徴などの詳細までは明かされなかったが、一つだけわかったことがある。

殺害された猫達には、刺し傷の他に塩化カリウムを投与された痕跡があったということだ。塩化カリウムは安楽死などに用いられる薬品として知られている。そして学校の盗難事件で盗まれたのも同じ塩化カリウム溶液だった。

野良猫の死骸が見つかったと聞いた時、僕は真っ先に雨宮が世話していた白猫のことを思った。すぐ確認したかったが、ニュースで報じられた翌日から雨宮は学校を休んでいて、連絡をしても繋がらなかった。

そんな物騒な事件が起こったせいで、物理室を部室にしていた宇宙部もその週は部活動を行えなくなり、久しぶりに僕といのりは別々に下校した。

というのも、直近に迫った夏休みに向けていのりはアルバイトを始める予定だったらしい。どうせ部活が出来ないならと、今週から早速働き始めることにしたそうだ。

翌週になってようやく登校してきた雨宮に、すぐさまあの猫の安否を確認した。

「いなくなった」

雨宮は吐き捨てるようにそう言った。

「いなくなったって、まさか……」

「俺にだってわかんねぇよ」

雨宮は明らかに苛立った様子だった。

世話していた猫がこのタイミングでいなくなれば、誰だって最悪の想定をしてしまう。考えたくもないが、そう思わずにはいられなかった。

しかしその心配をよそに、その日、雨宮は放課後職員室に呼び出された。

その理由を聞いた時、僕は驚愕(きょうがく)した。

——雨宮は、盗難事件に関与したという疑いをかけられていたのだ。

僕といのりは即座に教師らに断固抗議したが、雨宮には話を聞いているだけだからと取り合ってもらえなかった。

不安を抱えたまま、僕らは放課後部活を休み、一緒に海へ花束を手向けに行った。

死骸が見つかった場所の一角には、すでにたくさんの猫用のオヤツやおもちゃが供えられていて、殺された野良猫達は地元民に可愛がられていたことが伝わってくる。

いのりも花束とりんご飴を供物として置いていた。さすがに猫はりんご飴を食べないだろうと思ったけれど、彼女の弔う気持ちなのだろうと口には出さなかった。

僕は雨宮が世話をしていた猫を思い浮かべながら、海に向かって手を合わせた。

こんなことになるのなら、無理をしてでもあの時僕が飼っていれば、と悔やんでしまう。

「朝日くん、大丈夫かな」

手を合わせる僕の隣で、いのりが心配そうに呟いた。

物理室から盗まれた塩化カリウム溶液と、猫殺害に使われたものが一致したのであれば、この二つの事件は同一人物の仕業ということになる。だとすればやはり雨宮が犯人のはずがない。

自ら雨に濡れてまで猫に傘を差しかけるような男が、猫を殺すわけがない。

「大丈夫だよ、あいつただの猫好きヤンキーじゃん」

僕がそう言ってみせると、いのりはようやく少しだけ安心した表情を浮かべた。

僕らの予想通り、雨宮は盗難事件への関与が認められず、疑いは一旦晴れた。

とはいえ犯人が見つかったわけではなく、雨宮への疑いも完全に消えたわけではない。

結局、短期間に発生したこの二つの事件は、何も解明しないまま夏休みに突入した。

——そして最悪な事件へと繋がっていくことになる。

＊

「三ツ矢くん、大変だよ！　今すぐテレビ見て！」

開け放した窓から、炎天下の日差しと蟬時雨が容赦無く降り注いでいた八月下旬。

ひどく狼狽した辰巳先輩からの電話を受け、慌ててテレビの電源を入れた。

世間は夏休み真っ最中だが、昼の報道番組は休むことなく放送を続けていて、今日は顔馴染みのニュースキャスターがいるスタジオではなく、中継先のどこかの民家が延々と映し出されていた。

バリケードテープとブルーシートが張り巡らされたその民家の前には、他局の報道陣も大勢詰めかけていて、物々しい雰囲気が伝わってくる。

画面の右端には「千葉県いすみ市より生中継」とのテロップが表示されていた。

近くだ、と思ったのと同時に、どこかで見たことのある民家だと気づいた。

ふと、以前部活帰りに紫藤先生にいのりと共に家まで送ってもらった時の光景が頭を過る。

そしてすぐに思い当たった。今テレビ画面に映っているこの民家は、いのりの自宅だ。

途端に心臓がけたたましく騒ぎ出す。その得体の知れない胸騒ぎは、現場実況を続けるリポーターの流暢（りゅうちょう）な弁達で現実のものとなった。

カメラに視線を送りながら、若い男性リポーターが何度も口早に繰り返す。

「こちら現場です。今朝方こちらに住む住民からの通報を受け警察官が家を訪ねたところ、男子大学生が刃物で背中を刺された状態で段ボール箱の中に詰め込まれているのを発見され、その後死亡が確認されたということです。さらに遺体と共に塩化カリウム溶液と思われる薬品の入った入れ物と注射器が見つかっており、男子大学生にはこれが投与された可能性もあるとのことです。この家には母子三人が暮らしていて、そのうち十五歳の長女と現在まで連絡が取れていない状況です。男子大学生との関係については未だ不明ですが、所在不明となっている長女が何らかの事情を知っているものとみて、警察がその行方を追っています。繰り返します――」

気温三十五度を超える猛暑の中、壊れたように手足の震えが止まらなかった。

電話越しに辰巳先輩が何か口走っていたが、何一つ耳に入ってこない。

――世界が崩れていく。

ただ、そんな予感だけが僕の宇宙を暗黒物質のように満たしていた。

*

殺人容疑をかけられたいのりの失踪後、事件の詳細が少しずつ明るみになっていった。

殺害された大学生は、いのりのアルバイト先の同僚で、二人はそこで知り合ったと推察された。

事件当時、家にはいのりと妹がいたと思われたが、妹はすでに就寝中で事件には気づかず、明け方に帰宅した母親が蓋の閉じられた段ボール箱の中に遺体を発見し通報したことによって事件が発覚。

その男性といのりのスマホは現場から持ち去られており、未だ発見されていない。

遺体には刺し傷のほかに、睡眠薬反応と注射痕があり、のちに塩化カリウム溶液を投与されていたことが判明。事件に使用されたと思われる塩化カリウム溶液は遺体と共に段ボール箱の中に入れられていた。

その塩化カリウム溶液は、夏休み前学校の物理室から盗まれ、猫連続殺害に使用されたものと同一だということも発覚。学校の物理室に置かれていたパソコンには「塩化カリウム、完全犯罪」などと検索した履歴が残されていて、二人の間に何らかのトラブルがあり、いのりは計画的殺人を企てていた可能性が高いとみられた。

七月に起きた猫連続殺害事件と発見された時の様子が酷似していることから、あの事件は今回の殺人事件の予行演習だったとの報道もあった。

事件後、当然のように僕のもとにも警察はやってきた。

事情聴取が行われ、事件前後彼女に何か変わった様子や連絡がなかったかと問われたが、「何も知らない」と答えた。

でも、それは嘘だった。

――僕は殺人事件直後だと思われる時間帯、彼女と会っていた。

あれは夏休み終盤の八月下旬、雲一つない新月の夜だった。

夏休みに入ってからも、宇宙部は週三日のペースで学校に集まっていた。天体観測もあるが、主には夏休み明けに行われる文化祭用のプラネタリウム製作だ。

家で独りきりの僕には、むしろそれが有り難かった。無限に時間があると、人は余計な心配事を増やしてしまうものだ。

たとえば、いのりと別々に帰っていた夏休み前の放課後、彼女が雨宮と二人でいるところを見た、という辰巳先輩の要らぬ目撃情報のこととか――。

ペルセウス座流星群がピークを迎えていた新月のその日、学校で夜間観測が行われる予定だった。天体観測には月明かりの影響を受けない新月の夜が向いている。日中、文化祭の準備をしていた僕らは、その前に海辺の定食屋に向かい紫藤先生から預かった一万円で夕食をご馳走(ちそう)になった。

テーブルを囲いながら、辰巳先輩がくだらない冗談を言い、いのりが僕の肩を叩きながら大笑いし、雨宮がぽつりと毒を吐き、それがさらに皆の笑いを誘う。そんなたわいもない会話、何でもない時間がなぜかとても輝いて見えた。

星座の星数が決まっているように、僕達はここにいる四人で一つの星座を形作っていたのかもしれない。誰か一人かけても、それはもう宇宙部ではないような気がした。

食事を終え、学校に戻ろうとした矢先、いのりが焦った様子でバッグの中を探り始めた。

「あれ、鍵がない」

慌ててどこかに電話をし、その後肩を落としながらため息まじりに言った。

「私、今日はもう帰らなきゃ。多分家に鍵忘れたみたいなんだけど、妹寝るの早くて。早めに帰らないと閉め出されちゃう」

「あれ、親は家にいないの？」

辰巳先輩が不思議そうに尋ねる。

「うちの親、夜勤の仕事だからこの時間いないんだ。さすがに鍵開けたまま寝てなんて物騒なことも言えないし。あーあ、ペルセウス座流星群観測したかったのになぁ。

紫藤先生にはみんなから伝えておいて。私はこのまま帰るね！」

いのりは両手を前で合わせ、最後に「久遠くん、また来年リベンジさせて！」と言い残して一人駅へと走っていく。僕はその背中を心悲しい思いで見送った。

彼女がいないだけで気力の半分くらいを失いかけながら、仕方なく三人だけで学校に戻る。

ペルセウス座流星群もピークとはいえ終わり時期だったため、そう多くは観測できなかったけれど、午後十一時までに数回、流星を観測することが出来た。せっかくなので夜が明けるまで家で観測を続けてみようと密かに計画しながら、その日も紫藤先生の車で家まで送ってもらった。

「神多さん、最近どうかな？」

いのりがいない二人きりの車内で、紫藤先生が唐突に尋ねてきた。

「どうって何がですか？」

「三ツ矢くんに何か悩みとか打ち明けたりしていないかなと思って。確か三ツ矢くんと神多さんは付き合ってるんだったよね？」

改めて確認されると、やはり答えに詰まる。相手が教師となればなおさらだ。今や両思いなのだから何もやましいことはないけれど、なんだかこそばゆい気持ちになる。

「まあ……」

僕は照れ隠しにこめかみを掻きながら答えた。

「普段、彼女から何か相談されたりしてない？」

質問の連続だ。明らかに何か聞き出そうとしているように思えた。

「何かあったんですか？」

そう聞き返すと、先生は少し迷ったような素振りを見せた後、彼女には秘密にしてね、と前置きをしてから吐露した。

「……実は少し前、退学の相談をしてきたんだ」

思わず耳を疑った。寝耳に水だ。僕はいのりと高校三年間を共にするつもりで、彼女もそうだと思い込んでいた。

「とりあえず親御さんと話をさせてって説得したきり、あやふやになったままだったから、もしかして三ツ矢くんなら何か知ってるかと思ってね」

以前、辰巳先輩がいのりと紫藤先生が口論しているところを見た、と話していたことがあったが、もしかしたらこのことではないかと直感的に察した。

いのりのことはある程度わかったような気になっていた。自惚れていたのかもしれない。

散々色んな話をしてきたのに、どうしてそんな大事なことを何も話してくれなかったのだろう。そんなに頼りないだろうかと嘆かわしい気持ちになる。

「すみません、何も知りませんでした」

僕は力なく答えた。

「そうか、いきなりごめんね。まあ僕も引き続き様子を見てみるよ。ありがとう」

送り届けてもらい、家に帰ってきてからもずっとそのことが頭から離れなかった。

直接聞いてみようかとスマホを手にしたが、先生から口止めされていたし、彼女も僕には知られたくないから黙っていたのかもしれないと思うと、それ以上深入りすることは憚られる。

とりあえず気を紛らわせようと縁側に腰掛け夜空を仰いだ。

いのりも今また、同じ空を眺めているのだろうか。一体どんな思いで……。

深まる夜にいくつかの流星を追いかけていた矢先、ふいにスマホが鳴り響いた。

画面を見ると、いのりからの着信だった。

あまりのタイミングの良さに、動揺しながらスマホを耳に当てる。

「もしもし」

けれど、彼女からの返事はない。

もう一度「もしもし」と声をかけると、小さく彼女の息遣いが聞こえてきた。

何か様子がおかしい。

「どうしたの、こんな時間に」

「……久遠くん、今から会えない？」

「え、今から？」

居間に掛けていた時計の時刻を確認する。午前〇時五十分。

もちろん電車はないし、タクシーすら滅多に通るような場所ではない。

でもだからこそ、こんな時間に僕を呼び出そうとするのには何か理由があるはずだった。いつもの元気はなく、声色はどこか不安げで心許なさを感じた。

二本杉の下で見た、彼女の姿が脳裏で重なる。

「何かあった？」

「二本杉の下で待ってるから、お願い」

「君は今そこにいるの？」

「……やっぱり何でもない。大丈夫。ごめんね」

彼女はそう言うと一方的に電話を切った。すぐにかけ直したが、出る気配もない。

ここから二本杉までは自転車で約一時間はかかる。けれど悩む間もなく、僕は家をた彼女のそばに、一刻も早く行って寄り添ってあげたいと思った。

家の前に置いていた自転車に跨り、そのまま全力でペダルを漕ぎ進める。息を乱し必死で夏夜を切り裂きながら、いのりのもとへ駆け抜けていく。時間が進むたび、独りきりで思い悩んでいるのであろう彼女の身が心配で居た堪れなくなる。

一心不乱にペダルを漕ぎ続けて、四十分ほどでようやく二本杉が見えてきた。

辺りは真っ暗だったが、自転車のライトが照らし出した前方に、いつもの二本杉を発見した。そのそばに自転車を停め、暗闇の中、二本杉の根元に足を運ぶ。

額から滴る汗をTシャツの袖で拭いながらいのりのもとへ向かうと、その足音でようやく彼女が顔を上げた。

──そこに、いのりが膝を抱えて座っていた。


いのりの目は真っ赤に充血して腫れていた。やっぱり何かあったのだ。

「……来てくれたんだ。ごめんね、こんな時間に」

か細い声でいのりが呟く。

少し鼻声なのは泣いていたからだろうか。彼女が泣いている姿を見るのは初めてで、正直内心戸惑っていた。

「どうしたの?」と訊ねてみたものの、彼女は口を閉ざしたまま答えてくれなかった。

多分彼女はお喋りに見えて、重大なことほど口に出さないのだろう。退学の話だってそうだ。これ以上問い詰めても答えてくれるとは思えない。

その時、はたと気づいた。

僕はただ、いのりの隣にいられるだけでいい。

いのりが暗闇の中にいる時、僕がそばにいることで彼女の心を少しでも軽くすることが出来るなら、それでいい。

お互いの全てを知らなくとも寄り添える、そんな愛の形があったっていいはずだ。

僕は彼女の隣に腰を下ろし、新月の空を眺めながら言った。

「ペルセウス座流星群、これで一緒に見れるね」

いのりは泣き腫らした顔を上げて同じように空を見上げた。

星はいきなり満天に見えるわけではない。夜の闇に目が慣れてくると、徐々に見えなかった星達が見えるようになってくるのだ。

そうやって徐々に僕らもお互いのことが見えるようになっていけばいい。きっと一緒にいればいるほど嫌でもわかっていくこともあるはずだから。

気づけば、僕達はたった二人きりの宇宙みたいな場所で身を寄せ合っていた。

夜は少し気が大きくなる。夜は理性よりも情動が勝るために、普段恥ずかしくて言えないことも割と容易く言えてしまうものらしい。

「本当はちょっと楽しみにしてた。君とペルセウス座流星群観るの」

僕は虎の威ならぬ、夜の威を借る狐の如く呟いた。でも、嘘じゃない。

彼女は少し意外そうな顔をしたあと、「私も」と言った。

「……久遠くん」

ふいに、いのりが僕の名前を呼んだ。

「どうしたの？」

「……久遠っていい名前だよね」

「急に何？」

「急じゃないよ。ずっと思ってた。……遠い過去、未来、ある事柄がいつまでも続くこと、永遠。こんな素敵な名前、他にないよ」

彼女が口にしたのは僕の名前である「久遠」を意味する言葉だ。

「そうかな」

「そうだよ。久遠くんにぴったり」

「君の名前は何て言うか、すごく非科学的だよね」

「……世の中、神様に祈ったってどうにもならないことばっかりなのにね」

自虐するみたいに苦笑するいのり。

「……でも、僕は好きだよ。君の名前」

面と向かって、誰かに好きだと言うのは人生で初めてだった。

本当は名前だけじゃない。いのりのことが好きだと伝えたかった。けれど、さすがにそんな大それたことを言うには、夜の威だけでは足りなかった。

それでも割と思い切った僕の告白で、いのりがまた黙り込んでしまった。

どうしていいかわからず、流星を探しているフリをして空に目を向けていたその時、僕らは同時に声を上げた。

一際眩しい流星が、夜の暗闇を切り裂いていったのだ。僕達は思わず顔を見合わせて目を丸くした。その瞬間、いのりの顔に少しだけ笑顔が戻ってきて、僕はようやく安堵した。

今日彼女の身に何があったのかはわからない。いのりが消えたいと言った時もそうだった。

だけど何があったって、その都度僕はいのりのもとへ駆けつける。そしてまた彼女の笑顔を取り戻せばいい。柄にもなく、またそんなことを思った。

「前に一緒にここに来た時も、久遠くん私のこと励ましてくれたよね」

「そうだったっけ？」

「うん。私が目を瞑ってって言った時、『目を閉じている間も、君がそこにいればいいなと思った』って。私あの時すごく嬉しくて。それからもここに来るたび、あの言葉を思い出して励まされてた」

あの日のことは今でもよく思い出していた。

僕達が見ていない間、月も彼女も、そこには存在していないかもしれない。そう言って僕に目を瞑らせたそれは、量子力学の世界を当てはめた彼女の小さな実験だった。だけど、あの言葉はいのりを励ますつもりで言ったわけじゃない。

本当にそう思ったんだ。きっとあの時から僕は彼女から目を離せなくなっていた。

「シュレーディンガーの猫の話、覚えてる？」

「うん、覚えてるよ」

「久遠くんはさ、」

うん、と頷きながら彼女の顔を覗き込む。

「シュレーディンガーの猫は、蓋を開けた時、生きてると思う？　死んでると思う？」

その思考実験では、箱の中の猫は生死の確率が半分半分に重なり合っているが、蓋を開けて観測した瞬間、どちらかに確定するというものだった。

「どうだろう。可能性は半々だからね」

僕は頭の中で、シュレーディンガーの猫のイメージに雨宮が世話をしていた白猫を当てはめていた。結局あの猫は夏休み前に消えてしまったきり見つかっていない。物騒な事件があった直後で、あの時殺された猫がそうだったんじゃないかと、きっと誰もが思いながら口には出さなかった。だからこそ、この答えにたどり着いたのだろう。

「やっぱり、生きていて欲しいって思う」

僕がそう答えると、いのりはなぜか少し安心したような顔をして微笑んだ。

「久遠くんならきっと、そう言うと思ってた」

何の話かと尋ねようとする前に、いのりがまたあらぬ質問を投げかけてくる。

「久遠くんはさ、完全犯罪ってあると思う?」

ふいに訊かれ、僕は怪訝に首を傾げた。

そういえばシュレーディンガーの猫の話を紫藤先生に教えてもらったあの日、雨宮も同じようなことを口走っていたのを思い出す。その話だろうか。

「なくはないんじゃないかな。ただ簡単な話ではないとは思うけど。どうしたの、急に」

ううん別に、と彼女は首を横に振りながら肩を竦めた。

そして少しの沈黙のあと、いのりは再び口を開いた。

「……久遠くん、目瞑って」

「またそれやるの？」

「うん、お願い。目瞑って」

もう何度目だろう。彼女のこの実験に付き合うのは。

仕方なく、いつものように目を瞑った。

夜風と鈴虫の鳴き声がそこら中で響いている。隣に座っているはずのいのりは静かだった。

しばらくいのりからの合図を待っていたが、一向に声をかけられる気配がなかった。

「もう目開けていい？」

その問いにも、彼女は答えてくれなかった。

しびれを切らしてこっそりと目を開けた時、——いのりの姿はもうどこにもなかった。

そしてそれが、僕が最後に見た彼女の姿となったのだ。

僕はこの時のことを、警察にも誰にも話さなかった。

それを話せば、僕といのりの二人だけの世界が壊されてしまうような気がしたから。

――けれど、殺害された男子大学生が雨宮の兄だと知らされたのは、僕が事情聴取を受けている時のことだった。

Episode3　シュレーディンガーの彼女

宇宙と脳の構造は似ている。

マウスの脳神経細胞と、宇宙をシミュレーションした画像が瓜二(うりふた)つだと話題になったのは二〇〇六年、ニューヨークタイムズに記事が掲載されたことがきっかけだった。その後の研究で、数学的にもその二つが同様の原理によって形成されている可能性がある、と結論付けられている。

——宇宙と人間は共存しあっているかもしれない。

ある時、紫藤先生が部活中に教えてくれたことだ。

多元宇宙論では、この宇宙は人間にとってあまりにも都合良く作られ過ぎているため、他にも無数の宇宙が存在するとされたが、むしろこの宇宙は人間に観測されて初めて存在しているという「人間原理」なる仮説がある。it from bit(情報から存在が生まれる)、つまり逆の言い方をすれば観測する人間がいなければ、宇宙も存在しない。この宇宙が人間に都合良く作られているのではなく、人間という情報処理システムが自分に都合良くこの宇宙を見ているだけに過ぎない。そもそもこの宇宙を作り出している全てのものには実体がなく、ただの情報に過ぎないかもしれないのだ。事実、脳で行われる情報処理もコンピューターと同じようにデジタル記号に変換できてしまうらしい。

観測するまで、生きていて死んでいるシュレーディンガーの猫のように、僕らが目を塞いでいる間、もしかしたら世界はどこまでも混沌(こんとん)としているのかもしれない。

絶対的に思われている目の前の世界も、人間が都合よく生み出したただの幻想だったなら。

いつか、僕らがここに存在するということの根底から見直す必要があるのかもしれない。

だとすれば、夢と現実の違いは何だろう。現実と妄想は。妄想と記憶は。

現実は誠の真実で、夢は寝ている間に見る幻。

妄想は自らの願望や理想で、記憶は過去を都合よく切り取った断片。

これら全て、同じただの情報でしかないのだとしたら、僕は今なぜこんなにも苦しいのだろう。どうしてこの胸は締め付けられるように痛くなるのだろう。

現実は、夢や妄想と何ら変わらないただの情報に過ぎないかもしれないのに。

いのりは新月のあの日、僕が目を瞑っている間に消えてしまった。

生きていて、死んでいるシュレーディンガーの猫みたいに。

警察は殺人容疑のかかっている彼女の行方を血眼になって追っていたが、僕もまた、いなくなった翌日から独自に捜索していた。

国内の失踪者は、捜索願が出されていないケースも含めれば毎年十万人を超えると言われている。そのうち八十パーセントの人が発見されているが、失踪後一ヶ月を過ぎると発見率は格段に下がる。三ヶ月もすれば五パーセントほどにまで低下すると知り、居ても立っても居られなかった。

東京とは違い、自然に囲まれたこの町に設置された防犯カメラの数はそう多くはない。だからもうそこは警察がマークしているだろうと思った。

電車やバスで移動すればすぐ警察に発見されるだろう。車の免許はないし、残された移動手段は自転車か徒歩といったところだ。だとすればまだそう遠くまでは行っていない確率が高いと踏んで、僕は朝から晩まで自転車で市内を走り回った。雑木林や田園を駆け抜け、二人で行ったことのある場所は特に念入りに探した。

僕なら見つけられるのではないかと期待していた。他の誰でもない、僕は彼女の恋人だったから。僕の前になら現れてくれるんじゃないかと過信していた。

日が沈み、辺りが見通せなくなると二本杉に向かい、そこでレゴリスの輝く月を眺めながらいのりが現れるのを待った。——だけど、彼女が僕の前に現れることはなかった。

だから代わりに、僕はそこでそっと目を閉じた。

いのりが初デートだと言って連れてきてくれた、秘密の場所。

目を瞑ると、そこに彼女がいるような気がした。いつものように「もういいよ」と横から声をかけてくれるんじゃないかと思った。

もういのりに会えないなんてどうしても信じたくなかった。現実に起こった出来事は全て夢で、学校に行けば、また彼女に会えるような期待を抱かずにいられなかった。けれど夏休みが終わって二学期が始まっても、いのりが学校に現れることはなかった。

事件からしばらくは、連日事件のことがワイドショーに取り上げられていたけれど、いのりが簡単には見つからないとわかると、波が引くように話題は別のニュースへ切り替わっていった。

それでも僕はいのりに繋がる情報を探し続けた。

ネット上には彼女に対する有りもしない偽情報や罵詈雑言が並び、思わず反論したくなるのをどうにか抑えて、その中に信憑性のありそうな情報が紛れていないかと検索した。

中には富士の樹海近辺でいのりによく似た女の子を見たとの眉唾な証言もあり、殺人の罪を背負って自殺したのではないかという説が囁かれていたが、真相は未だ闇の中だ。

マスコミの偏った報道は、殺害された雨宮の兄といのりは男女関係にあり、愛憎のもつれによる殺人だと世間を煽った。そのせいか学校で僕は、いのりに浮気をされ騙されていた可哀想な彼氏だと思われているようだった。けれど彼女のことは僕の方がよく知っている。だから自分が見てきたことだけを信じると決めた。

二学期が始まって少しした後、雨宮が普通に登校してきた。

当然事件のことは学校中に知れ渡っていたけど、周りの目など気にする素振りもなかった。

「もう学校来て大丈夫なのか？」

雨宮を心配して辰巳先輩が声をかけると「別に俺は死んでないから」と吐き捨てた。

雨宮は宇宙部を辞めることもなく、相変わらず部室では寝ていて、同じ学校の生徒に兄を殺され憔悴する弟の様子には見えなかった。でもそのおかげで、いのりが失踪した後も最低部員数を維持した宇宙部は廃部を免れた。

辰巳先輩は今まで以上に笑顔を絶やさず僕らに接し続けてくれた。だから、僕も学校では平常を心がけた。

ただどんなに今まで通り過ごそうと心がけても、いつもどこか虚しかった。

理由は明白だ。

——そこに、いのりがいないから。

彼女のいない宇宙部は、ベテルギウスを失った後のオリオン座のように、他の星には何も影響しないようで、全てが決定的に変わってしまった。残された中心には彼女がいない寂しさだったり、悲しみだったり、やるせなさだったりが星雲のようにぼんやりと鎮座していて、いなくなったという現実を受け入れられないままだ。

目の前にいたたった一人がいなくなっただけで、世界はまるで色を失ったように殺風景になった。

二度目だった。両親がいなくなった時も世界から色彩は失われた。また世界が無色になって、僕はそれまでいのりが色付けた世界にいたことを実感した。けれどそれも失った。

この世界に絶対なんてものはない。世界のあらゆるものはいずれ失われる定めだ。

全てが期限つきで、永遠に続くものは一つも存在しない。

人も、歴史も、何億年も光り輝き続ける星々も、いつかは必ず死ぬ。
わかっているはずなのに、幸せの蜜を吸っているうちについそれを忘れてしまう。
こんな幸せが永遠に続くのではないかと錯覚してしまう。

「この世界のあらゆる物はいずれ全て無になるのに、どうして生まれたのでしょうか」

いのりの失踪後に行われた屋上での天体観測の時、虚脱感に包まれながら紫藤先生に尋ねた。

紫藤先生は眼鏡の奥で目を瞬かせ、それから悟ったように訊いてきた。

「神多さんのことを考えているのかな」

僕は頷くこともせず、ぼんやりと屋上の床に目を落とした。

「……僕にはもう、何も無くなってしまった気がするんです」

何をしていても集中できない。何をしていてもいつの間にか全てがいのりに紐づいて、彼女を失った絶望感で目の前が真っ暗になる。まるでブラックホールに吸い込まれ、光も時間も何もかも失ってしまったみたいに。

紫藤先生は小さく唸った後、星空を見上げながらぽつりと呟いた。

「でもね、量子力学では完全な無は存在しないんだ」

その言葉に、僕は顔を上げて先生を見やった。

「いつも無と有はその間を揺らいでいる。何もない真空中でもミクロの世界では常に電子と陽電子といった素粒子がペアで生まれ、合体して消滅するということを繰り返しているんだ」

前に彼女と話していた宇宙の始まりの話を思い出した。

「宇宙の始まりは、無の宇宙にトンネル効果で別世界の物質がやってきたのがきっかけだったんじゃないかと前に彼女と話したことがあるんですけど、それは違ったんでしょうか？」

「そうだね、明確な答えはまだわかっていないけど、トンネル効果が宇宙の始まりに関わっていたという理論は実際にあるよ。さっき話した無と有の中で生まれては消えていた素粒子が、ある時そのポテンシャルを超え、それが急激な膨張、インフレーションやビッグバンという今の宇宙の始まりに繋がったっていう説だよ。つまりトンネル効果だ」

いのりと話していたロマンチックな仮説はどうやら現代宇宙論の見解とは少し違うらしい。彼女が聞いたらがっかりするんだろうな、と思いすぐにまた絶望が襲ってくる。

気力を失い俯く僕を横目に、紫藤先生は穏やかな口調でこう続けた。

「でもね、僕が量子力学を好んだきっかけはそこだったよ」

「……きっかけ?」

僕は鉛のように重い頭をもたげながら繰り返した。

「完全な無、なんて存在しない。宇宙も世界も、僕も、君も、完全な無にはなり得ない。つまり言い換えれば、みんな常に可能性を秘めているってことだと思わないか? きっかけさえあれば、誰でも、どこまでも飛躍できる。この宇宙のようにね」

そう言って紫藤先生は宇宙に散らばる星々を見上げた。

先生が僕のことを遠回しに励まそうとしてくれていることには気づいていた。

けれど僕には、彼女のいない世界でどう飛躍すればいいのかさえわからなかった。

*

夏休みに準備したプラネタリウムが、九月末の文化祭で日の目を見ることになった。

僕らが製作したピンホール式プラネタリウムは、二つのアクリルの半球の裏に、北半球、南半球それぞれの星図が描かれた型紙を貼り、それに合わせて星図を下書きし、あとはひたすら印に合わせて電動ドリルで穴を開けていく。等星によって穴の大きさも微妙に変えたりと、実は結構な手間隙がかかっていた。

夏休み中の部室で、私服姿のいのりが作業に飽きてたびたび絡んできたのを思い出す。

「野良猫が校庭に入ってきてるよ！」と興奮気味に窓の外を指差していたことや、アクリル半球を枕にして微睡む彼女の寝顔を、今も昨日のことのように思い出せる。

いのりと共に担当し、穴あけ作業を行った投影機が段ボールで組み立てられた小さなドームの中一面に星を映し出すと、それを見た人達はこぞって称賛してくれた。

けれど、もうそこには何の感情も生まれなかった。完成を一番喜んだであろういのりのいない文化祭も、プラネタリウムも、僕にとっては無価値だった。

いのりがいなくなってからの僕は、ひたすら機械的に、無機質に、日々自分のやるべきことだけをこなしていった。それ以外に何をしていいのかわからなかったから。

そんな僕の人生もすごく無価値に思えた。

けれど僕の人生は、もともとこんなものだった。――彼女に出会うまでは。

文化祭を終え、段ボールで作ったドームの解体作業中、カッターでざっくり指を切った。ぼーっとしていたのだろう。ぼたぼたと垂れた血が大げさにリノリウムの床を染め、辰巳先輩が慌てて誰かを呼びに教室を飛び出していくのが見えた。

あまり痛みは感じなかった。多分、彼女を失った痛みのせいで身体中が麻痺していたのだと思う。ただ、血が滴り落ちるのを見て、自分がまだ生きていることは再認識できた。

片方の手で指を押さえて止血していると、それを見ていた雨宮が粛然と口を開いた。

「人は全血液量の三十パーセント以上失うと、死に至るんだってさ」

一瞬何を言い出したのかと思ったが、すぐに彼の兄の死因のことを言っているのだとわかった。

案外簡単に死ぬよな、とまるで他人事のように雨宮が呟く。

雨宮がまた登校してくるようになってから、彼に対して事件の追求を避けていた。犯人が誰であろうと彼が被害者遺族であることは変わらぬ事実だったから。遺族の心情も考えず、傷口を抉るような質問ばかり繰り返すマスコミと同類になりたくなかった。

でも雨宮の言葉に、僕は思わず尋ね返していた。

「……雨宮は、彼女が犯人だと思ってるの？」

束の間の沈黙があってから、彼は答えた。

「誰が犯人だろうと関係ない。わかったところで一度死んだ人間は二度と生き返らないし」

やはり雨宮の返答はどこか他人事のように聞こえた。

「辛くないの？」

殺伐とした態度を変えない彼に、ついそんな言葉が口を衝いて出た。

「辛いのは、お前の方だろ」

不意を突いて雨宮が言い放つ。

「え？」

「神多がいなくなってからお前、俺より厭世的に見える」

雨宮からそんな言葉が返ってくるとは思わず、少し驚いた。心情はさておき、皆の前では日々そつなくこなしているつもりだったから。

「大丈夫だよ、僕は」

思わずそう口走った。自分に言い聞かせるみたいに、その後二回、「大丈夫」と繰り返した。

雨宮はじっと僕の顔を見つめていたが、結局それ以上は何も言わなかった。

辰巳先輩が紫藤先生を連れて戻ってきた。紫藤先生は僕の怪我の具合を見て、救急箱の中から消毒液を取り出し手当てを始めた。

「うん、深くはない。縫うほどじゃなさそうだね。消毒してしっかり保護しておけば治るよ」

「そうですか」

気の抜けた声で相槌(あいづち)を打った。実際、どうでもよかった。指が切断されて、もう戻らないと言われたとしても、僕は同じように相槌を打っていたと思う。

傷の手当てをしながら、紫藤先生が呟いた。

「人間の血液はさ、約四ヶ月ごとに全て入れ替わってるんだ」

「へえ、そうなんですね」

「案外すぐでしょ。だから怪我をするとさ、この血が作られた頃、僕は何をしていただろうって考えてしまうんだよね」

我ながらちょっと奇骨だなと思うよ、と言いながら先生が苦笑する。

僕はぼんやりと四ヶ月前の自分のことを思った。

四ヶ月前は、いのりに出会って日々振り回されていた頃だ。そして唐突に納得した。

今この体を流れている血液は、いのりに出会って恋をした鼓動が打ったものだ。そんなの忘れられないに決まっている。彼女への想いで作られた血液が、今も僕の身体中を駆け巡っているのだから。

そしてこれからもこの鼓動は、彼女を想い打ち続けるのだろう。

「はい、これ」

左手の親指を包帯でグルグル巻きにされた後、紫藤先生から一冊のノートを手渡された。

それはいのりの事件後、二学期が始まってから配られた先生との交換ノートだった。もちろん僕だけではない。辰巳先輩も、雨宮も、さらにいのりのクラスメイト達にも配られているものだ。

いのりの事件が起きたことによって、精神的ショックを受けた生徒が複数名いた。中には登校できなくなったクラスメイトもいたそうだ。学校は生徒達のメンタルケアとしてカウンセラーを雇い、放課後、視聴覚室で誰でも気軽にカウンセリングを受けられるようにした。その一環として、いのりと特に関係の深かった生徒達に交換ノートが配られた。

交換ノートには何を書いてもよかった。事件に関係のないことでも構わず、何も書かなくてもよかった。

だから僕はその中で、適当な宇宙の質問をする時もあったし、何も書かない時も、思い出したように彼女のことを書く時もあった。

それを毎朝提出し、放課後、部活終わりに紫藤先生から返却される。

紫藤先生はそんな交換ノートに、いつも一言だけのコメントと、認印みたいな猫のスタンプを押してくれた。

先生が教室を出ていったあと、辰巳先輩が心配そうに近づいてきて僕の肩を叩いた。

「三ツ矢くん、平気？」

「はい、大丈夫です」

僕が定型文みたいな返事をすると、先輩はさらに慈悲深い言葉をかけてくる。

「気持ちはわかるけど、無理しちゃダメだよ。辛い時は俺にも頼ってよ」

その言葉が、索漠とした僕の心をささくれ立たせた。

「……気持ちがわかるって、僕の気持ちですか？　それともいのりの気持ちですか？」

「え？」

先輩は困惑の表情を浮かべていたが、なぜか止まらなかった。

「先輩、前に言ってたじゃないですか。……人を殺したって。もしいのりが本当に殺人犯なんだとしたら彼女の気持ちもわかるんですか？ なら教えてくださいよ。彼女が今どこで何を考えているのか」

そこまで口走って、教室内にまだ雨宮も残っていたことに気づく。

慌てて我に返り「すみません」と口を閉ざしたが、雨宮にも聞かれてしまったはずだ。

わずかな沈黙の後、先輩は首を横に振りながら言った。

「いや、いいよ。……三ツ矢くんさ、今夜ちょっと時間ある？」

片付けが長引いていたため、教室の時計はすでに午後七時を指していた。

「すみません。終電が早いので」

「俺、夏休み中に免許取ったから、帰りは車で送るよ」

雨宮も付き合えよ、と先輩は帰ろうとしていた雨宮も強引に誘い込み、結局断りきれず僕らは先輩と共に学校を後にした。

空の鏡が浮かぶ秋の夜は、どこか物悲しい雰囲気を漂わせていた。

辰巳先輩に連れられてやってきたのは、薄暗い海辺の堤防だった。先輩は徐にその場で座り込み、僕らにも同じく座るよう促す。尻にコンクリートの冷たさを感じながら、何のためにここまで連れてこられたのかと訝しんでいると、辰巳先輩が静かに呟いた。

「ここで去年、宇宙部員だった俺の同級生が死んだんだ」

僕は驚いて顔を上げた。

しかし先輩は黒い海を眺めたまま、こちらを見ることはなかった。

「秋津佳也は、ここから海に落ちて死んだ。……秋津は俺の親友だったんだ」

そうして先輩は、秋津佳也の事故の日の真実を僕らに訥々と語り始めた。

秋津さんと辰巳先輩は地元が近く、中学から同じ学校に通っていた。辰巳先輩は野球選手、秋津さんは天文カメラマン。お互い明確な夢を抱いていたことが仲良くなるきっかけだったと先輩は言った。

「目指すものは違うけど、やっぱり夢がある奴のそばには、夢がある奴が寄ってくるんだって思った。夢を語り合ってる時間はいつもわくわくしてさ、二人でいると本当に夢が叶うんじゃないかって気にさせられた。優しくて、面倒見がよくて、本当に良い奴だった。意見がぶつかって喧嘩することもあったけど、翌日にはお互いケロっとしててさ、別に謝ったりしなくてもすぐ元通りに戻れる、そんな気心の知れた奴だった。親友だからこそ喧嘩も出来たわけなんだけど」

そんな相手がいたことを僕は素直に羨ましいと思った。

けれどそれも先輩の人徳あってこそだ。先輩は誰にでも分け隔てなく接することが出来る。だからこんな取り柄のない僕にも、一見取っつきにくい雨宮にだって、いつも変わらぬ優しさで声をかけてくれた。

そんな先輩が親友と呼ぶのだから、それだけで秋津さんという人間の人柄がわかるような気がした。写真で見た彼の親しみやすい笑顔が脳裏に浮かんでくる。

けれど昨年、秋津さんの事故が起きる少し前、事態は急展開する。ピッチャーとして二年生ながら大活躍していた辰巳先輩が、試合中に大怪我を負ってしまったのだ。

「もう二度と今までのように野球は出来ないだろうって医者に言われた。俺は小学校の時からずっと野球一筋で来て、それもこれも全部、甲子園に出て、プロ野球選手になる夢のためだった。だから医者にそう言われた時、俺は大袈裟じゃなく自分が何のために生きているのかわからなくなった。今まで積み上げてきた時間が全て水の泡になったような気がした」

そこで、先輩は一度口を閉ざした。

途端に堤防に打ち寄せる波音が大きくなったように聞こえた。

「……あの日、秋津は海に落ちる前、俺の家に来たんだ」

「え、」

先輩はうなだれるように俯きながら続けた。

「怪我した試合の日、野球のことなんて全然知らないくせに、秋津が珍しく応援しにきてたんだ。あいつ、誰よりも声張り上げて俺のこと応援してたから、すぐにわかった。あの日の夜も、秋津は怪我した俺を元気づけに来てくれたんだと思う。だけど、あの時の俺は自暴自棄になってて、誰の言葉も素直に入ってこなかった。それにとにかくもうその現実から逃げたかったんだ」

辰巳先輩の声は少し震えていた。

「だから俺、秋津に……、お前のせいだって。お前が来たせいで集中できなくて怪我したんだって。消えろ、二度と俺に顔見せんなって、気づいたら俺、そうやってあいつを怒鳴りつけてた。その後だったんだ、秋津が海に落ちて死んだのは」

声も出なかった。そんな先輩に向かって、さっきの僕はなんて配慮のない言葉を吐いてしまったのだろうと自己嫌悪に駆られる。

「俺が秋津を殺したんだ。言葉の刃で貫いた。あいつのせいなんて絶対そんなわけないのに、それを撤回することも、謝ることも出来なかった」

辰巳先輩が過去に戻りたいと願っていた本当の意味をようやく理解した時、泣き崩れる先輩の隣で、僕は走馬灯のように過去の記憶を蘇らせていた。

両親が事故にあったのは、僕が食べたいと強請(ねだ)った寿司(すし)を食べた帰り道だった。あの日、あんなわがままを言わず家で母の手料理をいつものように食べていたら、あんな事故は起きなかったかもしれない。僕さえいなければ、両親は今だって生きていたかもしれない。

——僕は過去のことを考えるのが苦手だ。

無意味なパラレルワールドを想像して、生きているのが苦しくなるから。

いのりの時もそうだった。彼女が時折僕の前で見せていた闇と、もっと真剣に、彼女が嫌がるくらいしつこく向き合えていたら。もっと自分から会いに行っていたら。二本杉の下でもっと早く目を開けていたら。いや、違う。いのりも僕になんか関わらなければ、こんな事件も起きることなく、今も幸せに暮らしていたのかもしれない。きっと、僕は周りを狂わせる壊れた歯車だ。人を不幸にするばかりで、大切な人を守れない。そんな思いが脳裏を渦巻いて消えなくなる。

「帰る」

ずっと沈黙していた雨宮がつと腰を上げ、そう言って来た道を引き返していく。

辰巳先輩は慌てて立ち上がり、その背中に向かって叫んだ。

「雨宮、ごめん！　お前の家族があんなことになった後なのにこんな話して。だけど同じ仲間だから三ツ矢くんだけじゃなくて、雨宮にも聞いて欲しかったんだ」

雨宮はその投げかけにも返事することなく、闇に溶け消えてしまった。

こちらを振り返りながら、先輩は申し訳なさそうに口を開く。

「三ツ矢くんも、いきなりこんな話してごめん」

「いえ、僕があんなこと言ったから」

先輩は首を横に振った。

「俺も無神経なこと言ったと思う。……ただ、いのりちゃんがいなくなってから三ツ矢くん、怪我した時の俺みたいで放っておけなくて」

「僕がですか？」

先輩は哀切を表情に滲ませながら、僕を見つめて静かに頷いた。

どうやら僕は、随分と周りに心配をかけてしまっていたらしい。空虚な僕のことを、雨宮だけじゃなく先輩にも気づかれていた。

「自暴自棄は新たな負を呼ぶ。三ツ矢くんには、俺みたいになって欲しくないんだ」

一生隠しておきたいような過去の罪を、後輩の未来を危惧し、同じ道を辿らないようにと打ち明けてくれた先輩の義侠心（ぎきょうしん）には心打たれるものがあった。両親を失った時、その悲しみに寄り添ってくれた人は皆無だったから余計に胸に響いたのだと思う。

だけどこれも元を辿れば全て、いのりがきっかけだ。

いのりがいなければ、この居場所や仲間も、僕には何もないままだった。

彼女が残してくれたものはあまりにも大きすぎる。ある日突然現れて、恣意的に僕の人生を掻き乱すだけ乱し忽然と消えてしまった彼女。

生きているか、死んでいるかもわからない。そんな馬鹿げた状況を前に、何も出来ない自分の無力さに愕然とする毎日は、正直かなりしんどい。

生きていると信じ続けるつもりだったのに、忘れないと誓うたび、過ぎていく時間と共に彼女はどんどん遠くに行ってしまう気がした。

ふいに辰巳先輩に腕を掴まれ、僕は自分の体が震えていることに気づいた。

「三ツ矢くん、いのりちゃんは秋津とは違うよ」

顔を上げ、先輩を見つめた。

「いのりちゃんはまだ、死んだって決まったわけじゃない。だけどこの状況を一人で抱え続けることは苦しい。だから一緒に帰りを待とう。いのりちゃんが罪を犯したのかどうかも今はわからない。だけどせめて俺らはさ、いのりちゃんがいつか生きて戻ってきた時、唯一無二の帰る場所でいてあげようよ。俺達はこの宇宙で出会った、たった四人きりの宇宙部の仲間なんだからさ」

辰巳先輩の手は大きくて、いのりの細くて小さな手とは随分違った。僕なんかよりずっと頼りがいのあるその手に、いつか本当に彼女が帰ってきてくれるのではないかと思えた。

僕もいつか、そんな頼れる存在になれるだろうか。

僕が小さく頷くと、辰巳先輩は安堵の表情を浮かべてまた静かに海を眺めていた。

＊

空高く上るオリオンが冬の訪れを知らせ、いのりの消息が途絶えてから三ヶ月以上が過ぎた。

学校内であの事件を口にする生徒もいなくなり、未解決のまま風化しつつあった。

まるで初めからそんな生徒も事件もなかったかのように、田舎町のゆったりとした時間が流れていた。

放課後の物理室では、ここのところ決まって辰巳先輩が壁に向かってキャッチボールをしている。もちろん、観測しないようによそ見をしながら。律儀に回数までデータに残して、いのりが帰ってきたら結果報告するのだと言った。

だから僕も辰巳先輩と並んで一緒に壁当てをした。見ないで投げるというのはなかなか難しかったが、慣れてくるとよそ見をしていても投げたボールがきちんと自分の手元に返ってくるようになった。とはいえ、返ってきてしまっては本末転倒なのだけれど。

周りがいのりのことを忘れていっても、僕達は一日たりとも彼女のことを忘れたことはなかった。口には出さないがそれは雨宮も同じだと思う。

登下校の電車に揺られている時も、無意識にいのりのことを探した。彼女がいないと嘘のように静かな車内は、どこか物足りなくてつまらなかった。

だから僕はいつも、妄想した。もし今日彼女がこの電車に乗っていたら、と。

『今日寒いね』

『久遠くんのマフラー温かそう、私にも貸して！』

『今日は何の本読んでるの？』

『りんご飴いる？』

『ニュース見た？　ついに火星移住計画発動だって。久遠くんは行ってみたいと思そしてこれが現実だったら、どんなに楽しかっただろうと感傷に浸るのだ。

きっとこんな具合に話しかけてきただろうな、と予測しては一人苦笑する。

『昨日ブラックホール合体の重力波が観測されたらしいんだけどさ、』

う？』


彼女が失踪する前の夏休み、宇宙部のみんなで花火大会に行ったことがあった。

いのりは浴衣姿で、控えめに言ってもこの宇宙で一番綺麗だった。

目に鮮やかな天色の生地に、夏草が描かれた浴衣が彼女の白い肌によく似合っていて、いのり以外の全てがポートレート写真みたいにぼやけて見えた。

毎年八月、御宿海岸で行われる花火大会は砂浜に寝転びながら観賞することが出来、昔僕も祖母や母と一緒に来た記憶がある。

先輩の配慮で花火が始まるまで二人きりにされた僕らは、そこで初めて手を繋いで歩いた。

本物のりんご飴を買い、それから辰巳先輩達と合流し、砂浜に敷いたレジャーシートの上で花火を見ている時も、僕達は二人に隠れてこっそりと手を繋いでいた。何かいけない秘密を共有しているようで、いつかの吊り橋効果よりよっぽど心臓は高鳴っていた。

彼女の瞳に映り込んだ花火は、夜空いっぱいに咲き乱れるそれよりも、僕の心を強烈に惹（ひ）きつけてやまない。花火が打ち上がる時の振動よりもずっと激しく、彼女を想う鼓動が早鐘のように胸を打っていて、僕はこの夏がいつまでも終わらないでくれたらいいのに、と希（こいねが）っていた。

花火が終わり、辰巳先輩や雨宮と別れて駅のホームで終電を待っている間も僕達は手を握ったままだった。

その時、雲に覆われ始めた空からポツポツと降り出した雨を眺めながら、ふいにいのりが呟いた。

「やらずの雨かな」

「やらずの雨？」

「帰ろうとする人を引き止めるように降る雨のことだよ」

いのりにそう聞かされて、もう一度空を仰ぐ。

今なら、そんな言葉を生み出した古人の気持ちもわかるような気がした。

電車が来れば、すぐに彼女との別れの時間がやってくる。

まだ、帰りたくない。帰したくない。離れたくない。

本当は浴衣姿がすごく可愛かった、とか、まだ手を離したくない、とか、好きだ、とか、そんな言葉が僕の心中の大部分を満たしていたのに、電車に乗りいのりの降りる駅に到着するまで、何一つ口にすることが出来なかった。

それなのに、どういうわけかいのりは最寄駅に着いても電車を降りなかった。

「……今日家に帰っても誰もいないの。だから久遠くんの家に一緒に帰ってもいい？」

閉まったドアを背に顔を赤く火照らせるいのりが、また僕の心を掻き乱す。

二人で僕の家に着く頃には雨は止んでいて、空にはまた月明かりが戻ってきていた。

その晩、僕達は皓々とレゴリスの輝く月の下で、縁側に寄り添って並んで夜を越した。

「本当に帰らなくてよかったの？」

一応心配して僕がそう尋ねると、事もなげに彼女は言った。

「いいよ。だってあの家にいる私はおまけみたいなものだし」

親戚の家で暮らしていた頃の自分と重なって胸が詰まった。

だからいのりの手を握り直しながら、思わず口走っていた。

「……もし、家に居場所がなくなったら、その時もまたここに来てもいいよ」

彼女が驚いたように振り返り、僕は急に恥ずかしくなって誤魔化すみたいに空に目を向けた。

いつも一人で眺めているこの景色も悪くはないけれど、いのりと二人で見るそれはもっと綺麗だった。彼女はきっと、僕の世界を輝かせる太陽なんだろうと思った。

「夜空に輝く星のほとんどは、太陽のような恒星だって知ってる?」

照れ隠しの代わりに宇宙の雑学を披露すると、予想通り彼女は興味深そうに目を開いた。

「知らなかった、というより考えたこともなかったな」

「だから地球のような惑星は、肉眼で確認することは難しいんだ。もちろん見えないだけで、この夜空には惑星もたくさんあるはずなんだけど」

「じゃあ遠い星から太陽系を眺めても、地球は見えないんだね。私達はここにいるのに」

なんかちょっと寂しいね、といのりが呟く。

それを聞いて、僕ははたとあることを思い出した。その場から一度立ち上がり、祖母が使っていた桐簞笥(きりだんす)の中からあるものを取り出して戻る。

それは一見、何の変哲もない石ころのような見た目をしていた。

「なにこれ？」

それを受け取りながら彼女は首を傾げた。

「ダイヤモンドの原石だよ」

「ダイヤモンド？」

「それ、婆ちゃんの形見なんだ。婆ちゃんが結婚した時、爺ちゃんは金がなくて結婚指輪を準備してあげられなかった。その代わり割と安価に手に入ったそのダイヤモンドの原石をプレゼントしたんだって。まあ、本物かどうかも定かじゃないけどね」

僕は肩を竦めて笑った。

昔、祖母からその話を聞いた時、本物かどうか調べたらいいのに、と言ったことがある。けれど祖母は決して鑑定に出すようなことはしなかった。

「婆ちゃんは、それが本物かどうかは重要じゃないって言ってた。この石ころみたいなダイヤモンドに込められた『永遠』の思いに意味があるんだって」

ダイヤモンドは天然でもっとも硬い鉱物とされ、それゆえ不滅、永遠などの象徴として結婚指輪などに用いられることが多い。

「永遠……」

「それに因んで、僕の名前も決まったみたいなんだけど」

「え、じゃあ久遠って名前の由来はこのダイヤモンドなの？」

恥ずかしながら、と頷いた。

完全に名前負けしている自覚があったから、今まで誰にも話したことはなかった。ずっと秘密にしていたけれど、彼女なら馬鹿にせず聞いてくれる気がして、初めて打ち明けてみた。

「そうなんだ。……なんか嬉しいな。久遠くんのこと詳しくなったみたいで」

彼女はそう言って嬉しそうに微笑み、それを見ているだけで何とも言えない幸福感が心を満たしていく。初めて打ち明けた相手が彼女でよかったと心から思った。

「実は太陽もさ、いつかダイヤモンドの星になるかもしれないんだよ」

僕はちょっと浮かれ気味に話を続けた。

「どういうこと？」

「太陽クラスの恒星が死期を迎えると、赤色巨星となって一旦急激に膨張するんだ。そのあとで地球サイズの大きさにまで収縮して、高密度な白色矮星(はくしょくわいせい)っていう姿になる。その時の圧力によって中心部の炭素が巨大なダイヤモンドの塊になるかもしれないって言われてるんだよ。実際中心部だけじゃなく表面までダイヤモンドで形成している可能性のある白色矮星も発見されているみたいだしね」

それを知った時、なかなかロマンチックな話だと思った。とはいえ太陽がダイヤモンドに姿を変えた頃、地球はとっくに赤色巨星となった太陽に飲み込まれて滅びているわけだけど。

「そっか……私、何かわかった気がする」

話を聞いていたいのりが、何やら瞳を輝かせて見つめてきた。

「なにが？」

「久遠くんが輝いて見える理由！　久遠くんは、私の太陽だったんだよ」

意図せず、さっき僕が思っていたことを恥ずかしげもなく口にする彼女。

やっぱり僕はいのりといる時間が好きだ。彼女がいる空間が、世界が、宇宙が好きだ。

彼女と過ごした時間は決して長くはないのに、長年かけて築いてきた心の壁が、いとも簡単に壊されていく。彼女のストレートな言葉の一つ一つが僕の凝り固まっていた孤独の心を貫いて温かく浸透していく。

もしもこれを運命の出会いと呼ぶのなら、時間という概念に縛られること自体が野暮なものなのかもしれない。

——僕は出会ってしまったのだろうか。

――宇宙人に出会うよりも確率が低いはずの運命の人に。

「ねえ目、瞑って」

いのりがまた、例のセリフを呟く。

何度も繰り返してきたこのやりとりに、今日は素直に目を瞑った。

すると、ふいにいのりが肩に寄り掛かってきて、僕はたちまち動けなくなった。

「な、なにしてるの」

「なにって、恋人らしいこと。だめ？」

彼女の髪が首筋に当たってくすぐったい。手を繋ぐよりもずっと近く感じて、慣れない身体中が燃えるように熱い。息をするタイミングさえ気を遣うような近さなのにも関わらず、心が少しでも長くと、この時間を望んでいた。

「……いいけど」

可愛げのない僕の反応に小さく笑うと、

「じゃあ、もう少しだけ」

そう呟いたきり、彼女は本当に眠りについてしまった。

結局そのまま彼女が目を覚ますまで、僕は朝ぼらけの空が明けていくのを、息をひそめながら眺めていた。

一日の終わりに縁側に腰掛け、一人交換ノートを開いた。

ここにいると、僕のことを太陽だと言っていたいのりのことを思い出す。

そういえば初めて彼女と出会った日、僕が「素敵な人は他に星の数ほどいる」と言ったら「太陽は二つあるのか」と反論された。今なら、彼女の言いたかったことがよくわかる。

この宇宙には無数の星がある。一銀河の星数は、推定千億。さらに銀河自体の数は推定二兆以上あるとも言われている。しかもそれは観測可能な宇宙の範囲にある銀河の数であり、実際にはもっと多く存在しているというから宇宙は想像を絶する。それでも、その中に全く同じ天体は一つとして存在しない。そして僕も彼女もまた、唯一無二だ。

僕はペンを取り、単純計算で観測できるだけの星の数を割り出してみる。

千億×二兆。二〇〇〇〇〇〇〇〇〇〇〇〇〇〇〇〇〇〇〇〇〇〇〇、つまり二千垓（がい）だ。

この気の遠くなるような数でも、あくまで観測できる一部でしかない。

それでも僕といのりは、少なくとも二千垓分の一の確率でこの地球に生まれてきたのだ。

前に彼女が「運命の確率」と言ってとんでもない計算を見せてきたことがあったけれど、さらにこの値を含めれば、まさに天文学的数値が導き出されるだろう。

ふいに思い立ち、かつてのいのりに倣って、僕も交換ノートに計算式を書いてみることにした。

いのりという存在が全宇宙の中で今この時代に存在して、そして僕が人生で出会う人達の中から彼女を選ぶ確率。

つまり――運命的に、僕が君と出会って恋をする確率だ。

銀河から人口まで、あらゆる数字を調べて大まかにノートに書き記していき、僕が仮に立てた計算式はこうだ。

（ラニアケア超銀河団の銀河数：十万個）／（全宇宙の銀河数：二兆個）

×（局所銀河群の銀河数：五十個）／（ラニアケア超銀河団の銀河数：十万個）

×（天の川銀河系の数：一個）／（局所銀河群の銀河数：五十個）

×（太陽系の数：一個）／（銀河に含まれる平均的な星の数：千億個）

×（地球の数：一個）／（星を回る平均的な惑星の数：十個）

×（地球の歴史：四十六億年）／（宇宙の歴史：一三八億年）
×（人類の歴史：五万年）／（地球の歴史：四十六億年）
×（現在の世界人口：七十八億人）／（過去も含めた人類の全人口：千億人）
×（日本人人口：一億人）／（現在の世界人口：七十八億人）
×（千葉県人口：六百万人）／（日本人人口：一億人）
×（全校生徒数：四百人）／（千葉県人口：六百万人）
×（君：一人）／（全校生徒数：四百人）
×（君：一人）／（人生で出会う総人数：三万人）

$$\frac{1\times10^5}{2\times10^{12}}\times\frac{50}{1\times10^5}\times\frac{1}{50}\times\frac{1}{1\times10^{11}}\times\frac{1}{10}\times\frac{46\times10^8}{138\times10^8}\times\frac{50000}{46\times10^8}\times\frac{78\times10^8}{1\times10^{11}}\times\frac{1\times10^8}{78\times10^8}$$

$$\times\frac{6\times10^6}{1\times10^8}\times\frac{400}{6\times10^6}\times\frac{1}{400}\times\frac{1}{30000}$$

$$=\frac{1}{2\times10^{12}}\times\frac{1}{1\times10^{11}}\times\frac{1}{10}\times\frac{50000}{138\times10^8}\times\frac{1}{1\times10^{11}}\times\frac{1}{30000}$$

≒6×10^{-46}

　つまり0・0000000000000000000000000000000000000000000006パーセントの確率だ。

　これは完璧な数値ではない。未来のことは含まれていないし、他にも奇跡の割合を掘り起こせばキリがない。これはあくまで、いのりが作り上げた式を補足したものだ。

　こんなことをするなんて僕もなかなか常軌を逸している。計算しながら思わず苦笑した。

　もしこれを見せたら、いのりは何て言うだろうか。

『久遠くん、やりすぎ』

　そう言いながら、嬉しそうに笑う彼女のことを思い浮かべる。

　一心不乱にペンを走らせていると、気づけば涙で数字が滲んでいた。

　次々とノートの上にこぼれ落ちる涙が、またいのりのいない現実を僕に突きつけてくる。

　──もう、十分だ。僕達がどれほど運命的に出会って恋をしたのかはよくわかった。

　もう十分わかったから、お願いだから──今すぐ僕のもとへ帰ってきて欲しい。

縁側に座ったまま、僕は今日もいのりのいない朝を迎えた。

*

夏の亡霊に思いを馳せていた十二月、再びいのりの事件に関連する騒動が起こった。生前の雨宮の兄が自ら撮影したと思われるとある動画がネット上にアップされたのだ。動画の中身は、雨宮の兄が野良猫に残虐的な暴行を加え殺害する様子を撮影したものだった。

前に一度蛍観賞中に対面した時の、颯爽たる印象とはかけ離れたその姿に僕は目を疑った。終始、目を背けたくなるような悍(おぞ)ましいその映像は瞬く間に拡散され、世間を震撼させた。その内容からこれまでいのりが関与したと思われていた猫連続殺害事件は、彼女ではなく雨宮の兄が犯人だったものとみて、警察も詳しい再捜査を開始。

世間は殺害された被害者だった雨宮の兄のことを、極悪非道だと激しく罵った。その動画の拡散によって、加害者とされたいのりを擁護する声が上がるようになった。事件の真相はわからないままだが、これまで散々いのりに罵詈雑言を浴びせていた人間達が手の平を返すように、彼女を猫の仇を取ったヒーローだと称え始めたのだ。代わりに矢面に立たされたのは雨宮の家族だった。悲劇の被害者遺族から一転、激しいバッシングを浴びせられ、ついには自宅住所や家族の顔写真までネット上に晒される始末。さらにどこで調べてきたのか家庭環境まで公になった。

雨宮の父親が時折、非道徳的発言が問題になっていた政治家だったことが発覚し、それが拍車をかけて一般市民からの反感を買ってしまったのだ。

当然、雨宮自身もその渦中にいた。被害者の弟、という立場から猫殺しの弟になった雨宮の顔写真はネット上で拡散され、その柄の悪い見た目も相まって、ますます世間は彼ら家族を目の敵にした。

その週明け、世論に動じることなく雨宮が登校してきたことに、今度は生徒だけでなく教師達までが戦々恐々とした。動物虐待の加害者家族となった今、見て見ぬ振りをしておくことは出来なかったのだろう。雨宮はその日の昼休み、職員室に呼び出しを受けた。

職員室から出て昇降口に向かう雨宮に、こっそり待ち伏せしていた僕と辰巳先輩は声をかけた。

「帰るのか？」

先輩が声をかけると、雨宮は振り返ることもなく自分の下駄箱からスニーカーを引きずり出しながら言った。

「状況が落ち着くまで来んなってさ」

「あの動画、誰の仕業かわかったのか？」

さあ、と雨宮は肩を竦めた。

「まあ兄貴がクズなのは知ってたから何も驚かねぇけど」

靴を履き替えながら、彼は無頓着に答える。

バッグを肩に引っ掛け校門へ出ていこうとする彼の背中に、僕は尋ねた。

「雨宮は、お兄さんがあんなことする奴だって気づいてたのか？」

殺害された報道から一貫して兄を庇おうとしないその態度が、ずっと疑問だった。

雨宮の足が止まる。

彼はゆっくりと振り返り、虚ろな視線を僕らに向けながら言った。

「あんな奴、いつか俺が殺すつもりだった」

雨宮が吐き捨てたその言葉に、胸の奥がざわついた。いのりの事件の真相に近づいているような、そこはかとない薄明が見えたような気がしたのだ。

「俺らも帰ろっか」

一人校舎を出ていく雨宮の後ろ姿を眺めながら、突然辰巳先輩が提案してきた。

「でもまだ授業が、」

「雨宮だけ先帰るのずるいじゃん」

辰巳先輩は僕の返事を待つこともなく、雨宮の後を追いかけた。

「雨宮っ、帰るならちょっと俺らと寄り道してこうよ」

どうせ行く当てもないんだろ、と肩に腕を回して絡む辰巳先輩を雨宮は疎ましそうにしていたが、どうやら図星らしい。荷物を取りに戻る間も、雨宮はその場から立ち去ることもなく、自転車置き場で僕らの帰りを待っていた。


辰巳先輩の自転車の後ろに跨り、真冬の寒気に身を震わせながらコートの襟を掻き寄せる。

僕らの後ろをふらふらと自転車でついてくる今日の雨宮は、猫というより飼い主に忠実なゴールデンレトリバーみたいだった。

辰巳先輩は途中、なぜか花屋に立ち寄って小さな花束を見繕い、それを前カゴに突っ込んで再び走り出す。たどり着いた先は、潮風の香る海沿いの墓地だった。

判然としないままついていくと、ある墓石の前で先輩が立ち止まる。

その墓石の側面には秋津佳也の名前が刻まれていた。墓にはすでに鮮やかな花が手向けられ、焼香を焚いた跡が残っていた。

どうやら僕らが来る前に誰かが来ていたらしい。

「今日、こいつの命日なんだ」

先輩はすでに手向けられていた花と一緒に自分の買ってきた花を挿しながら呟いた。

「ここさ、夕方には門閉まっちゃうから平日はなかなか来れなくて。まあ俺が来たってこいつは喜ばないと思うけどさ」

そう皮肉りながらも先輩は墓と向き合い、手を合わせた。そして語りかけるように口を開いた。

「秋津、また来ちゃってごめんな。こいつら、お前が大切にしてた宇宙部に今年入部してくれた一年なんだ。だからよろしく頼むよ。って俺に言われたくないか、ごめん」

そんな先輩の姿を見ていたら、胸が痛くなった。

きっと辰巳先輩は、秋津さんが死んでしまって以降、こうして何度も何度も彼に謝っているのだろう。励ましに来てくれた彼を罵ってしまったこと、傷つけてしまったこと、嘘をついてしまったこと、きちんと謝れなかったこと、今でも会いに来てしまうこと。

死ぬということは、もう二度と言葉を交わすことが出来ないということだ。

伝えそびれた言葉は、永遠に相手には届かない。

聞きたかった言葉は、未来永劫届かない。

両親が死んだ後しばらく、僕も暇さえあれば二人が眠る墓に足を運んでいた。まだ幼かった僕はそこに行けば、両親にもう一度会えるんじゃないかと期待した。

だけどそんな奇跡は起きなかった。やがて僕は墓参りに行かなくなった。一方通行な手紙を送り続けることに疲れてしまったのだ。

墓に手を合わせる先輩の姿は、まるであの頃の自分のようだった。

その時、ふいに後ろに立っていた雨宮が、辰巳先輩に向かって投げかけた。

「もし、その人が今日の前に現れて、たった一言だけ何か伝えることが出来るとしたら、なんて言う」

先輩が振り返る。

「え？」

僕も同じように雨宮を見やった。

雨宮は特にふざけている様子もなく、生真面目な顔で再び尋ねた。

「たった一言しか伝えられなかったとしても、先輩はその人に謝るの？」

その意図はわからないが、雨宮の言葉は何か本質を突いているような気がした。謝ることが出来ずに永遠の別れを経験した先輩や僕は、叶うならもう一度会って謝りたいと願っている。ただ伝えられるのがたった一言だけだとしたら、それで両親は喜ぶのだろうか。

僕達が本当に伝えたかった言葉は、一体何なのだろう。

「……でも、謝らないと。だって、俺のせいであいつは」

言葉を見繕うように、途切れ途切れに先輩が呟く。

「その人は、先輩のせいで死んだんじゃないと思うよ」

雨宮が口走ったその一言に、先輩は怪訝に顔を上げた。

「なんで雨宮がそんなこと知ってんだよ」

「別に、ただの餞別」

「……餞別？」

僕はその言葉に違和感を覚えた。

すると雨宮はズボンのポケットから当たり前のようにタバコの箱を取り出し、中から一本抜いて慣れた手つきでライターで火をつけた。それを線香皿の上に乗せ、朦々と煙が立ち上ると、そばにいた辰巳先輩が目を細めて咳き込んだ。

「生きてる人間が死んだ人間に出来ることなんて、所詮この程度だよ。いや、焼香すら生きてる人間の自己満か。最高に不毛だよな」

雨宮は嘲笑うように肩を竦めて言った。

先輩の擁護に回るべきだと思いながら反論できなかった。多分それは雨宮の言葉に少なからず共鳴する部分があったからだ。

死んだ人間に出来ることはない。僕はずっと昔にその事に気づき、心底絶望した。その絶望はいつか諦めに変わり、良くも悪くも過去として消化するタイミングがやってくる。

その点、生死が共存し続けるシュレーディンガーの彼女は、このままだと永遠にその死が確定することはない。つまり彼女は永遠に僕の中で生き続け、いつまでも諦めさせてくれないということだ。傍若無人な彼女らしいといえば彼女らしい。

もしかしたら死際を見せない猫達は皆、それをわかってシュレーディンガーの猫になったのではないかと思う。

もし人間の死が、死際を見せない猫のようにいつも曖昧なものだったら、残された人間はいつまでも諦めることなく、いなくなった誰かを思い続けることが出来るのだろうか。残された人間にとってどちらが幸せなのか、僕にはよくわからなかった。

「いつも寝てばっかのお前が正論じみたこと言うなよ」

辰巳先輩が失笑した。

「だけど、そうかもしれない。結局、こんな花も全部俺の自己満なんだよな」

自分が供えた仏花をぼんやりと眺めながら先輩が呟く。

そして向き直り、辰巳先輩は雨宮を真っ直ぐに見つめて問いかけた。

「……でもさ、じゃあ聞かせてよ、雨宮」

先輩の声色がさっきまでと少し違っていた。

雨宮は首をやや傾けながら、動じることもなく立ち尽くしている。

「お前はなんで、りんご飴なんか買ってたんだ」

何の話をしているのか、さっぱりわからなかった。

しかしそのワードを聞いて、思い浮かぶ人物は一人しかいない。

「どういうこと？」

思わず僕は声を上ずらせて尋ねた。

三ツ矢くんごめん、と前置きをして辰巳先輩は雨宮を問い詰めるように言った。

「俺、見たんだ。サーフィンの帰りに、雨宮がコンビニで駄菓子のりんご飴を大量に買ってるとこ。死んだ人間に出来ることなんて何もないんだよな？ ……雨宮、お前いのりちゃんの居場所知ってんじゃないのか」

「知らない」

雨宮は顔色一つ変えなかった。

「じゃあ、」

「……けど、見当はついてる」

「見当って、じゃあいのりちゃんは生きてるのか？」

「多分ね」

雨宮がそう答えた時、全身が凍りついていくような感覚に陥った。まるで全身を駆け巡る血液が氷晶に入れ替わるみたいに息が出来なくなる。

かろうじて浅い呼吸を繰り返しているうちに、頭の中が真っ白になった。

彼女が生きているかもしれない。いなくなったあの日から一貫して信じてきたはずなのに、それが現実味を帯びただけで感情が溢れ出して身体中の震えが止まらなかった。

「なんで今まで言わなかったんだ？」

辰巳先輩がさらに咎めるように言う。

　すると雨宮は、当たり前のことのように呟いた。

「逃げて欲しいからに決まってんだろ」

　実の兄を殺した容疑がかかっている人間の所在を知りながら、それを警察はおろか誰にも言わずにいるということは一般的に考えれば正気の沙汰じゃない。

　もしかしたら雨宮は、僕の知らない事件の真相を摑んでいるのかもしれない。

「……どこに、いるんだ」

　面白いくらいに震える声で僕は尋ねた。

　しかし雨宮は二つ返事で居場所を教えてはくれなかった。

　その代わり、雨宮は僕らと対峙しながら言った。

「その前にお前らの誤解を解いておかないといけないことがある」

　そう仄めかす雨宮に、僕は抑えきれないほどに膨らんだ期待と、小さな悋気を胸に抱いていた。

＊

　真っ白な毛長の猫が夕暮れの仁王門前でじっと座っているのを見て、すぐにそれが雨宮の面倒見ていた猫だとわかった。

誤解を解いておかないといけないことがある、と改めて雨宮に連れ出されたのは、昨今珍しい結界が張られ、静粛な雰囲気が立ち込める一風変わった寺だった。

花鳥風月が彫刻された鐘楼や水屋は古く歴史を感じさせ、本堂の真正面には、大天狗と烏天狗の巨大な面が掲げられていた。町から随分と離れた民家の中に忽然と構えるその寺を、雨宮に連れて来られなければきっと、一生知ることもなかったと思う。

まるで狛犬のように座る猫を慣れた手つきで撫でながら、ここの住職に貰われたんだ、と雨宮は言った。白猫は最後に見た時よりもコロコロと丸くなっていて、相変わらず雨宮に撫でられると嬉しそうに目を細めて擦り寄っていた。

「生きてたんだ」

思わずそう口走った。

行方不明になったのが猫連続殺害事件のあった直後だったため、てっきり犠牲になってしまったのだろうと思い込んでいたのだ。しかも犯人は雨宮の兄だったことがネットにアップされた動画により明らかになり、なおさら雨宮の心中を察していた。

すると雨宮は、予想外なことを呟いた。

「神多が一緒にこいつの貰い手を探してくれたんだ」

「いのりちゃんが？」

鐘楼の麓に腰を下ろした辰巳先輩も、意外そうな声を上げる。

雨宮がこくりと頷く。

「……こいつだけは絶対に守らなきゃいけなかったから」

「どういうこと？」

僕と先輩は同時に、心地よさそうに撫でられている白猫に視線を向けた。

雨宮はそれから少しの間気鬱とした表情で押し黙っていたが、決意するように顔を上げ、そしてゆっくりと口を開いた。

「俺の兄貴は、過去に人を殺してる」

そう口にした雨宮から語られた真実は、僕の想像を絶する内容だった。

慎重に言葉を選ぶように、雨宮はその重すぎる過去を語り始めた。

雨宮の家は父母、兄の夕陽(ゆうひ)とそして朝日の四人家族。父は政治家で母は父に従順な専業主婦、五歳年上で大学生だった夕陽は、殺害されるまで自宅から県内の名門大学にバイクで通っていたという。

「兄貴は外面だけは良かったけど、昔から裏の顔を持ってた。小学生の頃、俺が祭りで取ってきた金魚は握り潰されたし、怪我してて保護した雀はライターで炙(あぶ)り殺された。あいつは昔から弱い生き物を見つけると、笑いながら平然と嬲り殺すような奴だったんだ。本当にサイコパスだったよ、完全に精神が崩壊してた。だけど親父はそれを認めなかった。兄貴がしでかしたことを隠すばっかで、そういう息子がいることを認めようとしないんだ。大人になれば落ち着くとでも思ってたんだろう。実際兄貴は俺と違って頭だけは良かったから」

結局、父親は何よりも自分の立場を守りたかったんだと思う、と雨宮は言った。

「だけど昔の俺は兄貴が怖くて、誰にも打ち明けられなかった。俺に出来たのはただ、亡骸を土に埋めて弔うことくらいで、そんな自分も家族も嫌で、嫌でたまらなかった」

雨宮は淡々と言葉を紡いでいたけれど、その声は蠟燭に灯した炎のように怒りで静かに燃えていた。

そんな家庭環境で中学生になる頃には、雨宮は兄が家にいる間、家に寄り付かなくなった。夜は兄を避けるように町を徘徊し、その影響で昼間は学校で寝てばかりになった。

そんな日々の中、真夜中の海辺で雨宮はある人物に出会った。

雨宮はふいに空を見上げながら呟いた。

「この町には時間を潰すもんも何もないから、俺はいつも夜中星ばっかり見上げてた。そんな時だった、俺が秋津佳也に出会ったのは」

辰巳先輩の表情がたちまち強張(こわば)っていく。

雨宮の口からその名前が出てきた違和感に、同じく胸騒ぎを覚えずにはいられなかった。

真夜中の海辺で一人星空を眺めていた雨宮に、声をかけたのは天体望遠鏡とカメラを抱えた秋津さんだった。それ以降、二人はたびたびそこで会話する仲になっていったのだという。二歳年上の秋津さんは、雨宮がどうして夜中に出歩いているのか理由は訊かなかった。代わりにいつも星の話や自分の話を延々と語っていたらしい。面倒見がよかったという秋津さんはきっと、口にはしなかったが雨宮のことを放っておけなかったのだろう。

「秋津に星の話ばっかりされるから、無駄に知識ついちゃってさ。別に星が好きだったわけじゃねぇけど、いつも見上げてた無名の星に名前が付くとなんかちょっと特別なものに見えた」

雨宮は思い出したように足元で寝転がる白猫の腹を再度撫でながら苦笑した。

しかし、すぐに表情を固めてぽつりと言った。

「……あの日も、俺は海のそばで天体撮影する秋津と星を眺めてたんだ」

「あの日って？」

急かすように辰巳先輩が繰り返す。

「去年の……、今日だよ」

今日は秋津の命日だ、と辰巳先輩が話していたのを思い出す。

この胸騒ぎは、やっぱりただの勘違いではなかった。

「あの日、撮影にきた秋津はいつもより元気なさそうに見えた。親友を励まそうとして失敗したって言ってたよ」

辰巳先輩の顔から血の気の引いていくのが見て取れた。

「親友が少し前野球の試合中に怪我して、野球が続けられなくなったって話は聞いてた。元気づけたいけど、どうすればいいかわからないって悩んでたよ。ぶっちゃけ俺はどうでもよかったし、聞き流してたけど。でもある時突然、思いついたって話してきたんだ」

「何を？」

僕は気になって尋ねた。

「……双子座流星群だよ」

雨宮は空を指差しながら言った。

「双子座流星群？」

「毎年、この時期には双子座流星群を観測できる。あの日、秋津は先輩にそれを見せようとしてた。流星群は何度でも観測できるチャンスがある。今年がダメでも来年、再来年でもチャンスは必ずまた巡ってくる。だから諦めるなって、必ずまた希望を見つけるチャンスが巡ってくるからって、そう先輩に伝えたかったんだってさ」

辰巳先輩の表情がみるみる歪んでいく。手の平で顔を覆い、声を震わせながら自分を罵るように漏らした。

「俺……、なのにあんな酷いこと」

雨宮はそんな先輩の様子を見つめながら言った。

「確かに落ち込んでたけど、秋津はあくまで喧嘩だって言ってたよ。先輩、自分で言ってたじゃん。喧嘩することもあったけど、すぐ元通りに戻ってたって。親友だからこそ喧嘩も出来たって」

先輩の顎から大粒の涙がこぼれ落ち、これまでどれほど彼の死に責任を感じてきたのか痛感する。喧嘩なんかしていなくたって、突然の別れにはやりきれない後悔や心残りがあるものだ。辰巳先輩が抱えた後悔は計り知れない。

「だけどあの喧嘩は……」と後悔の念を口にする先輩に、雨宮は昼間と同じセリフを吐いた。

「……秋津が死んだのは先輩のせいじゃねぇよ」

辰巳先輩が泣き濡れた顔を上げながら、雨宮を見やった。

雨宮は一瞬狼狽える素振りを見せたが、すぐにその理由を明かし始めた。

「あの日、俺らがいた場所の近くで、急に動物の悲鳴みたいな声が聞こえたんだ。暗くてよく見えなかったけど誰かが堤防から海に何か投げたのが見えた。直後にそいつがその場を離れて街灯のそばを横切った時、俺はゾッとしたよ。それが兄貴だってすぐにわかったから」

秋津さんはその人物が雨宮の兄だとは知らなかった。兄がその場を去った後、雨宮達は慌てて堤防に向かい、秋津さんが持っていた懐中電灯で海を照らすと、まだ小さい子猫が海で溺れているのが見えた。真冬の海、誰か助けを呼んでいる間にきっと死ぬ。何か助ける方法を、と雨宮が思案している間に、秋津さんは迷いもなく凍(い)てつく真冬の夜の海に飛び込んだという。

服のまま飛び込んだ秋津さんは、踠(もが)きながらもなんとか子猫を捕まえ、雨宮が堤防の上からそれを受け取った。しかしその時すでに子猫はぐったりとして動かなかった。

「秋津に言われたんだ。俺はもう大丈夫だから、今すぐその猫を病院に連れてってやってくれって」

歯を食いしばるように雨宮は言った。

僕は固唾をのんで雨宮の話に耳を傾け続けた。

「兄貴が性懲りもなく粗末に命を奪っていくのを、今度こそもう、二度と、見殺しにしたくなかった。だからその時の俺は、秋津から引き受けたその猫をダウンジャケットの中に抱え込んで、すぐに動物病院へ走った。獣医を叩き起こして、幸いにもその猫はかろうじて息を吹き返してくれたよ。あと少し遅かったら助かっていなかっただろうって」

その後の結末を、僕も先輩もきっとすでに予想していた。

雨宮から語られる親友の最期を、辰巳先輩は啜り泣きながら聞いていた。

「……明け方になってようやく俺が海に戻った時、すでに救急車とかパトカーとか何台も来て騒然としてた。俺は命を救ったつもりになってて、だけどまた理不尽に奪われる命を見殺しにした。あの時、秋津の大丈夫って言葉なんか真に受けず、手を差し伸べる余裕が俺にあったら……」

悲痛な沈黙が三人を包み込む。誰一人次の言葉を見つけることが出来なかった。

皆、何かを抱えて生きている。

生きていくということは、痛みや苦しみを無理やり胸に押し込めて、前を向くことなのかもしれない。死のある人生はいつだって、残酷で刹那的だ。

いつの間にか空に月が昇り始めていて、ふいに白猫が鳴いた。月に照らされた青白い尻尾をピンと立て、何かを訴えかけるような鳴き声だ。

「もしかして、その猫って」

僕はハッとしてそう口走った。

雨宮は頷きながら「そうだよ」と言った。

「秋津の事故に兄貴が関わった証拠は何も残ってなかった。そもそも兄貴が直接秋津を海に突き落としたわけでもねぇし、もし仮に証拠があったとしても大した罪には問われなかったと思う。悔しいけど俺には何も出来なかった。でも、こいつは秋津の命と引き換えに守られたんだ。だから絶対に俺が守らなきゃいけないと思った。けど兄貴がいる実家で飼えるわけもねぇし、初めは空き家でこっそり飼ってたんだけど、そのうち勝手に外に出歩くようになってさ。……そんな頃、また事件が起きたんだ」

禍々(まがまが)しいその言葉に、ぞくりと背筋が凍りつく。

夏休み前、雨宮は夜の海辺で刺し傷のある野良猫達の死骸を発見した。ニュースで僕らが知るより前の話だ。死骸は折り重なるように放置されていて、人の手が加えられていることは明らかだった。

それを見た雨宮はすぐに兄の顔が思い浮かび、直接問い詰めたという。

「兄貴はあっさり認めたよ。塩化カリウム溶液まで俺に寄越してきて、これも使ったってさ。兄貴はその罪を俺に被(かぶ)せようとしてわざわざ俺の学校で盗難事件を起こしたんだ。理由を訊いたらなんて言ったと思う？　あいつ、ただの暇つぶしだって言ったんだよ。兄貴は俺のことも、死んだ猫のこともゲームの捨て駒くらいにしか思ってないんだろう」

雨宮はその目に怒気を燃やしながら言った。

「……その時、俺は兄貴を殺さなきゃいけないって思った。あいつはこの先もまた同じことを繰り返す。あいつが生きている限り、永遠に犠牲者が出続ける。秋津が守ってくれた猫も殺される。だから俺が殺さないといけなかった。物理室のパソコンにあった履歴は、俺が検索したんだよ。猫を殺したのと同じ塩化カリウム溶液を使って兄貴を殺す方法を調べた」

「じゃあ、あれはいのりちゃんが検索したわけじゃなかったのか」

雨宮は首を縦に振った。

「ああ。ただその検索履歴を神多に見られたんだ」

「いのりちゃんに？」

「俺が海で野良猫達の死骸を発見した時、偶然バイト終わりの神多と鉢合わせしたんだ。その時は兄貴を問い詰める前だったから、神多には犯人の目星は伝えなかった。代わりに段ボール箱を用意して、その中に猫達を入れて一緒に弔った。あいつが言ったんだ、この猫達をシュレーディンガーの猫みたいにしてやろうって。そしたらまだ見てない誰かにとっては半分生きてることになるかもって。その後で俺がそんな検索をしてると知った神多は、しつこく追求してきたよ。それで仕方なく神多には兄貴や秋津のことも含めて、それまでの経緯を全部話すことにした。話せば理解して見逃してくれるんじゃねぇかと思った」

当初警察は薬品を盗んだのも、検索履歴を残したのもいのりだと考えていた。しかしその後、例の動画によって塩化カリウム溶液を盗み、猫殺害に使用したのは夕陽だったことが知れた。そして猫殺害事件後、その塩化カリウム溶液は夕陽から雨宮のもとに渡る。しかし、夕陽もまた塩化カリウム溶液を投与され遺体となって発見されている。

真実が少しずつ明るみになっていくにつれて、感情が混然と入り混じり胸は押し潰されそうに痛んだ。

「だけど、神多には全力で止められた。そんなことしたら兄貴と同罪になるって、そんなの誰も救われないってさ」

その代わりに、その日からいのりと雨宮は放課後一緒に白猫の飼い主探しを始めたらしい。

猫を事件現場の近くに居させるのは心配だったため、少し離れたこの寺まで足を運び、いのりが直談判(じかだんぱん)してようやく引き取り手が見つかった。

その後、事実を黙っている代わりに、塩化カリウム溶液は預かっておく、といのりに言われたらしい。その時、殺人事件で使われたそれは彼女の手に渡ったのだ。

僕は夏休み前、彼女と共に殺された猫の弔いに海へ行った時のことを思い出した。あの時、いのりはりんご飴を供えていた。あれは猫のためではなく、秋津さんの死を知った直後の彼女が、彼へ向けて置いた物だったのかもしれない。

二つの事件が繋がったことで、これまでの違和感が少しずつ解明されていくような気がした。

「でも、それじゃああの事件はやっぱりいのりちゃんが犯人ってことになっちゃうのか？」

辰巳先輩は落胆した声を漏らした。

「それはわかんねぇ。……だけど、この事件には神多以外にもう一人、何か事情を知ってる奴がいるよ」

「どういうこと？」

すると雨宮は、驚きの事実を話し始めた。

「事件からしばらくして、突然俺の携帯に例の兄貴の動画が送られてきたんだ。送信元は不明だった。ただ、動画を見た時、これで神多に対する風向きが変わるかもしれないと思った」

「じゃあ、あの動画は誰かが意図的に雨宮に送ったってこと？」

辰巳先輩が瞠目(どうもく)する。

「もしかして、あの動画をネットに上げたのって雨宮だったのか？」

僕が尋ねると、雨宮は隠すこともなくそれを認めた。

「神多だけ悪人にされてるのが耐えられなかった」

「でもじゃあ、誰が何のために雨宮にそんな動画を送ってきたんだろう」

辰巳先輩の問いに雨宮は肩を竦めた。

「理由なんてそんなのどうでもよかった。そもそも俺がさっさと殺しておけば、神多も事件に巻き込まれず、秋津だって死なずに済んだんだ。神多が兄貴と同じ店でバイトを始めたのは本当に偶然だった。でも兄貴のことを打ち明けた時、俺はあいつがいるバイト先なんか辞めろって言ったんだ。でも神多は辞めなかった。多分俺が思い余って殺人を犯さないよう兄貴の行動を見張ろうとしていたのかもしれない。なのにあいつだけ責められるなんておかしいだろ。……それに動画を誰が送ってきたかは、大体見当はついてた」

それを聞いて辰巳先輩はすぐに問い立てた。

「いのりちゃんの居場所の見当はついてるって言ってたけど、それと関係あるの？」

それは僕が一番知りたかったことだ。

雨宮は周囲を見回し、近くに誰もいないことを確認すると、声を低くして言った。

「兄貴が殺された日の夜中三時くらいに、大原駅の近くで神多を見かけたんだ」

それは、僕がいのりと二本杉で最後に話した時間よりも後のことだ。となれば、あの後いのりは大原に向かったことになる。何のために移動したのかは不明だが、同じ部員でいつも顔を合わせていた雨宮がいのりの顔を見間違えるわけもなかった。

「……神多は、紫藤と一緒にいた」

「え？　紫藤って紫藤先生のこと？」

辰巳先輩が驚いて聞き返すと、雨宮は静かに頷いた。

「偶然、見かけたんだ。紫藤の車に神多が乗ってるところを」

「待って待って。じゃあいのりちゃんは、今紫藤先生と一緒にいるってこと？　まさか動画を送ってきたのも先生？」

「多分。俺はそう思ってる。だけど俺は仮にも被害者の弟だし、変に探って神多の居場所がバレたら困るだろ。意図して身を隠してるんだとすれば、俺はそのまま逃げていて欲しかった」

「じゃあ、あのりんご飴は？」

雨宮は少し言いづらそうに口ごもりながら答えた。

「あれは……、せめて今の俺に出来ることって考えたらそれくらいしか浮かばなかったんだよ。買ったやつは紫藤のデスクの下に黙って置いてきた」

「でも、なんで紫藤先生といのりちゃんが……」

疑問はそこだ。いくら教師と生徒とはいえ、警察に追われている生徒を匿うようなことをするだろうか。

——その時、縺れていた糸が解けていくように、僕はある可能性に思い当たった。

秋津の死を調べていた時の違和感、いのりが失踪した原因、そして紫藤先生といの

りの関係。それらが脳裏で一つのある結論を導き出す。紫藤先生がいのりを匿う理由が。もしこれが僕の想像通りだったら、

「……わかったかもしれない。

喉が詰まった。口にしようとしただけで唇が震えてくる。

一度深呼吸をしてから、僕はゆっくりと続けて呟いた。

「……彼女はまだ生きてる」

「どういうこと？」

辰巳先輩が困惑した様子で眉を寄せた。

「それを確かめたいから……明日、二人に協力して欲しいことがある」

二人はそれ以上僕を問いただすこともなく、その願いを承諾してくれた。

僕の心情を汲んでくれたのだろう。

また一歩、いのりに近づいた。もう二度と会えないかもしれないと思っていた彼女に。

身体中の血液が沸き立ちめまいがする。

正直もう、もし生きていてくれるなら、それだけでいいと思ったこともあった。

けれど、いのりが生きているかもしれないという希望が抑えきれないほどに膨らん

でしまった今、僕は彼女にもう一度会いたいと願ってしまった。

白猫が大きく体を反らせ、小さく鳴いて自らの住居に戻っていく。

その背中を目で追いながら、全ての話を聞き終えた辰巳先輩がふと尋ねた。

「雨宮が宇宙部に入ったのは、秋津のためだったのか?」

雨宮はいのりや僕よりも先に宇宙部を訪ね、部員になった。昼寝目的だと思っていたが、一連の話を聞いた今、それはあまりにも無理がある。

すると雨宮は静かに空を見上げ、

「俺はただ、星が好きになっただけだよ。誰かさんのせいでね」と呟いた。

＊

学校の駐車場に停車された紫藤先生の赤いミニバンは、昼休みの間必ずどこかへ行ってしばらく戻ってこない。以前いのりから聞いた話だ。

雨宮が真実を語った翌日、僕はある計画の実行を先輩と雨宮に持ち掛けていた。

動画の一件でしばらく登校自粛を言い渡された雨宮と辰巳先輩と僕の三人は、揃ってその日学校を欠席。代わりに昼休みにあたる時間、ある場所に向かっていた。

「でもそれって……」

車の運転を頼んだ辰巳先輩が、僕の口にした行き先を聞いて釈然としない反応を示した。

ただ僕の予想が正しければ、紫藤先生は今日もその場所に来るはずだった。

結果的に、その予想は正しかった。

僕達の到着から数分して、赤いミニバンは予想通りその場所にやってきた。

紫藤先生は車から降りると、入り口で木桶（きおけ）や雑巾などを借り、水を汲んできてある墓を念入りに掃除し始める。僕達はその背後に隠れて静かにその様子を眺めていた。

——そこは、昨日三人で訪れたばかりの秋津佳也が眠る墓地だった。

「どうして紫藤先生が毎日ここに？」

辰巳先輩は未だ判然としない様子だった。

無理もない。確かに紫藤先生は秋津さんの元顧問だ。事故で亡くなった生徒のために墓参りに来ることはあり得る。けれどそれが毎日となると話は別だ。一生徒のためにそこまでする教師がいるだろうか。

先生は掃除を終えると墓の前で中腰になり、線香に火をつけ静かに手を合わせる。

「先生」

僕のその呼びかけに、紫藤先生が振り返る。

こちらに気づくと、驚いた様子で立ち上がった。

「君達、どうしてこんな所にいるんだ？　今日三人揃って休んでいただろう」

「先生は、こんな時間に何してるんですか？」

僕は単刀直入に尋ねた。

先生は少し狼狽えながら答えた。

「……何って、墓参りだよ」

「一年前に死んだ生徒の墓に、今でも毎日来てるんですか？」

辰巳先輩が違和感の核心を突く。

その問いに紫藤先生は俯き、それからまた秋津さんの墓に目を向けた。

「……秋津さんは先生の甥っ子ですよね」

そう尋ねると、先生は目を瞠って僕を見やった。

「どうしてそれを」

「前に秋津さんの写真を見せに行った時、先生のデスクの上に幼い男の子を抱っこした写真が飾られているのを見ました。でも先生は結婚してないって聞いて、それに秋津さんの事故のことを調べていた時、葬儀の写真の中で親族席に先生が写っているのを見ました。それでふと気づいたんです。もし彼が先生の甥っ子だったら、全て辻褄が合うなって」

推察を聞いていた先生は、僕が言い終わると微かに頬を緩ませて白状した。

「……よくわかったね。その通り、秋津佳也は僕の姉の子供だよ。学校の方針でそのことは他の生徒に黙っているように言われてたんだ。辰巳くんは佳也と仲良くしてくれていたのに、黙っていてごめんね」

紫藤先生は切なげに辰巳先輩に目を向けた。

「それで、今も毎日来てるんですか？」

先輩がそう尋ねると、先生は小さく頷いた。

「僕には子供がいないから、佳也のことはずっと本当の子供のように可愛がっていたんだ。僕によく懐いてくれてね、その影響か幼い頃から天文に興味を持ってくれた」

先生は秋津の墓石をそっと撫でるように触れた。着ていたコートが冷たい潮風で煽られ、中の白衣が見え隠れしている。

「だからまさかあんな風に、僕より先に死んでしまうなんて思いもしなかったよ」

まるで独り言のように呟く紫藤先生の瞳は、今もなお哀しみで揺れていた。

秋津佳也の死は、たくさんの人間の心に深い傷を残していた。それほど多くの人間に愛された人だったということだ。もしまだ生きていてくれたら、きっと僕は秋津先輩を慕っていたに違いない。彼と宇宙の話が出来たなら、どんなに楽しかっただろう。

不意を突いて、突然雨宮が口走った。

「先生、ごめん……あの事故本当は」

すると紫藤先生は、その言葉を遮るように首を横に振った。

「雨宮くん、君は何も悪くないよ。謝ったりしないで欲しい。むしろ僕こそ謝らなければならないことがある」

面食らったような顔の雨宮に、先生は真実を語り始めた。

「佳也が突然不自然な事故で亡くなって、僕も佳也の母親である姉も、ずっと疑念を捨てきれなかった。真実を知りたくても、調べる術もない。なぜあんな真冬に海に落ちて死んだのか。佳也はもともと泳げなかった。だから海に近づく時は特に気をつけていたはずだし、この町で生まれ育った佳也がそんな不注意を犯すだろうか。事故が起きた日、佳也が天体撮影を行っていたのは事故現場から少し離れていた。荷物が置きっぱなしになっていたからそれは間違いない。なのにどうしてそれらを全て置いたまま、わざわざ堤防に登ったのか。その真実が知りたかった。けれど今年の夏、学校で盗難事件が起きた直後、僕は唐突にその真実を知った。偶然、雨宮くんが神多さんに佳也の事故の話をしているのを聞いてしまったから」

雨宮が目を見開き、息をのむ。

紫藤先生は秋津さんの事故の真相をすでに知っていたのだ。

「真実を知って、僕は君のお兄さんのことを調べたよ。君のお兄さんが直接手を下したわけじゃない、だけど彼の行動によって佳也が死んだ事実がある以上、何もしないわけにはいかなかった。それで僕は君のお兄さんの乗っていたバイクにGPSを取り付けた。もう二度と佳也のような犠牲者を生まないため、彼の行動を監視していたんだ」

先生はそう淡々と語っていたが、眼鏡の奥の瞳には青白い炎が音もなく揺らめいているように見えた。

「正直、彼を監視する時、正気じゃいられなかったよ。佳也の命を奪っておいて、呑気に笑っている彼に腹を立てるなと言われても難しい。けれど、その佳也は最後まで小さな命を守り抜いた。あの子らしい。本当に立派だよ。だから僕はそんな佳也に恥じない生き方をしなければならないと思ったんだ」

そう言ったきり、束の間沈黙していた先生はふいに顔を上げて言った。

「……神多さんのことを聞きにきたんだろう」

先生は、全てを悟っているようだった。

僕は静かに頷いた。

「雨宮がいのりと先生が一緒にいるところを見たと言っています。秋津さんが先生の甥っ子で、もし、先生が秋津さんの事故の真相をすでに知っていたなら、先生にはいのりを助ける動機があると思ったんです」

秋津さんを間接的に殺したのが雨宮の兄で、もしいのりがその兄の殺害に関係していたとなれば、先生にとって彼女は仇を打ってくれた恩人ということになり得る。だとすればそれが、先生が彼女を匿う動機になると僕は予測を立てていた。

「雨宮くんのお兄さんが殺害されてから少しして、たびたび職員室の僕のデスク下にお菓子の袋が置かれるようになった。誰かが気づいていることに、僕も気づいていたよ」

雨宮がこっそり買っていたりんご飴のことだ。紫藤先生も置かれたその菓子の意味を理解していたのだろう。

「彼女は、生きているんですか」

僕は率直に尋ねた。何よりまず、そのことが知りたかった。すると紫藤先生は、僕の目をじっと見つめ、そしてはっきりと頷きながら言った。

「生きているよ」

そう断言された途端、全身から力が抜け落ちて僕はそばの墓石に崩れ落ちるようにもたれた。

身体中が震え、鼓動が激しく胸を打ち付け、息をすることも敵わない。けれど気づくと、視界を涙の膜が覆い、途端に次々と溢れこぼれ落ちていった。

その次に脳裏に浮かんだのは、ただひとつの願いだけだった。

「……会わせてください、もう一度、僕は彼女に会いたいんです」

声を震わせながら、かろうじて言葉を紡ぐ。

「いのりちゃんは今どこに」

僕の代わりに、辰巳先輩が身を乗り出すようにして訊いた。

「……人に聞かれるとまずいから、僕の家に移動しようか」

そう言って先生は一度学校に連絡を入れ、車で併走して先生の自宅に向かった。

先生の自宅は学校から程近い平屋建ての一軒家だった。

もしやここにいのりがいるのでは、と内心期待していたが、必要最低限のものだけが置かれた無個性な家の中に、彼女の姿はどこにもなかった。

やや古そうな暖房器具が唸る部屋で、先生は僕らに温かいお茶を準備し、欅の一枚板テーブルの周りを囲むように全員で腰を下ろした。

「ここはもともと僕の実家でね、両親が他界してそのまま住み着いてるんだ。って、君達はそんな話が聞きたくてここに来たわけじゃないよね」

紫藤先生は苦笑しながらお茶を一口啜ると、僕達の顔をそれぞれ一度見つめた。

「あの日、僕は三ツ矢くんを家に送った後、神多さんに会ったんだ」

そしてようやく、紫藤先生は彼の知る事件の真実を語り始めた。

殺人事件が起きた当日、夜間観測を終え紫藤先生は僕を家に送った後、GPSで夕陽の行方を調べていた。すると夕陽のバイクの居場所がいのりの自宅近辺になっていることに気づき、先生はその足でそこへ向かったらしい。夏休み頃からいのりが夕陽と同じコンビニでアルバイトを始めたことは知っていて、注意を払っていたものの、端から見ている限り夕陽は対人には極めて態度が良く、特にいのりに対して執着する様子もなかったことから、彼女に害を及ぼすことはないだろうと考えていたそうだ。

だから当然、彼がいのりの自宅に近づくことなど一度もなく、紫藤先生は怪訝に思いながら彼女の家のインターホンを鳴らした。

家からは明かりが漏れていて人がいる気配はあったが応答はなく、仕方なく先生は彼女の家のそばに車を停めたまま、停車された彼のバイクに動きがあるまでそこで待機することにしたのだという。

それからしばらくして、紫藤先生はいのりが自宅から出てくるのを目撃。慌てて車から降り声をかけると彼女はかなり動揺した様子で、良くないことが起きたのだと先生はすぐに察した。落ち着かせるために車に乗せ、いのりが話せるようになるのを待って何があったのか尋ねると、彼女はか細い声で「人を殺してしまった」と打ち明けたという。

その時、先生がいのりから聞いた話はこうだった。

事件の日、夕陽はいのりがバイト先に忘れた鍵をわざわざ届けにやってきたそうだ。そしてスマホの充電が切れてしまったから充電させて欲しいとせがまれ、やむなく彼を家に上げることになった。彼の人間性は知っていたが、人間に手を出す度胸はないとたかを括っていたいのりは、とにかく彼が充電を終えるのを待ち、さっさと帰そうとしていた。しかし彼は家に上がり込むやいなや、こんなことを口にした。

『君、僕のことなんか探ってるでしょ』

夕陽はアルバイト中、バックルームで充電していた自分のスマホを彼女が盗み見ようとしているところを目撃したと言った。どうやらいのりは、猫殺しの証拠を探る目的で実際にそのような行動をとっていたらしい。彼女が弟の友達だということも認識していた夕陽は、それがただの偶然ではないと勘付いたのだ。いのり曰く、鍵ももしかしたら忘れたのではなく、仕事の間に夕陽に盗まれたのではないか、ということだった。

その時いのりは、そこまでバレてしまっているなら、この機会に秋津佳也が夕陽のせいで死んだという事実を本人に伝えようと思い立った。秋津さんが猫を助けるために海に飛び込み、その死に夕陽が間接的に関与していた真実を突きつければ、彼はことの重大さを知り、今後改心するのではないかと思ったのだ。

そしていのりは、一年前、秋津さんが水死した事故を知っているか、と尋ねたらしい。

すると夕陽は顔をニヤつかせながらこう言い放った。

『ああ、知ってるよ。秋津って奴、猫助けるために死んだんだろ？　あいつさ、朝日と夜中によく会ってつるんでたんだよ。だからちょっと揶揄ってやろうと思って、二人から見える場所で野良猫を海に投げ込んだらさ、あいつ本当に海に飛び込んで死んでやんの。本当馬鹿だよな。まあでも、所詮あいつが勝手に海に落ちて死んだだけだし、僕には関係ないけど』

それを聞いた辰巳先輩が、話を遮るように口を開いた。

「え、ちょっと待って。雨宮の兄貴はあの事故のことも、秋津と雨宮がそばにいたことも、全部わかってた上で猫を海に落としたってことですか？」

紫藤先生が静かに頷く。

「神多さんがあの日、教えてくれた内容によると、お兄さんは佳也と雨宮くんの存在を認識した上でその行動を起こし、それによって佳也が死んだことも知っていたらしい。それを聞いた時は僕も、心の底から憎悪が芽生えたよ」

僕もまたその事実に耳を疑った。それを知っていた上で、彼はその後も猫連続殺害事件を起こしていたのだ。もう同じ人間とは思えなかった。

「今まで神多さんに見せていた態度を一変させて、佳也や雨宮くんのことを侮辱し嘲笑う彼を『許せなかった』と彼女は声を震わせていた。そしてこの人は絶対にまた同じ過ちを繰り返すと思った、とね。だから、」

そこで紫藤先生は、言葉を切って目の前に座っていた雨宮を見やった。

雨宮は頭を掻きむしって唸り声を上げた。

僕達は、いのりが背負った現実を受け止め切ることが出来なかった。

そこでいのりは怒りをひた隠したまま、彼に出したお茶に母の常備薬だった睡眠導入剤を混ぜたという。

しばらくして夕陽が眠りに落ちたのを見計らい、かつて雨宮が企てていた完全犯罪を自らの手で実行しようと試みたのだ。しかしそこには誤算があった。

「あまり知られていないことだけど、麻酔なしで塩化カリウム溶液を投与しようとすれば、激しい痛みを伴うんだ。当然彼も猛烈な痛みで目を覚ましただろう。そこで揉み合いになり、彼女は結局、キッチンにあった包丁で彼を刺殺した。それが、彼女があの事件の後、僕に語った真実だ」

その後いのりの告白から事情を理解した紫藤先生は、「このあとどうするつもりなのか」と尋ねた。教師として、佳也の叔父として、当然そのまま放っておくわけにはいかなかった。

「神多さんは『死ぬつもりだ』と答えた。相手がどんな人間だろうと、命を奪った罪を償うには死ぬ以外にない、と」

その時の彼女の心情を思うと、やりきれず胸が張り裂けそうだった。

「自首を勧めたけれど、神多さんは頑なにそれを受け入れようとはしなかった。だけど僕はもうこれ以上誰にも死んで欲しくなかった。それに僕は彼が殺されたと聞いた時、内心ほっとしていたんだ。きっと僕も、心のどこかであいつにずっと死んでくれと願っていた。僕は彼女と同罪だ。神多さんが殺さなければいつか僕が殺していたかもしれない……だから僕から彼女に提案したんだ」

「……提案？」

先生は僕の顔を見つめながら言った。

「シュレーディンガーの猫にならないか、と」

ふと、あの日いのりが言っていた言葉を思い出した。

「生きているが、死んでいる。蓋を開けるまで外の人間には誰にもわからない。それなら生きていてもいいんじゃないかと、提案したんだ」

彼女があの日、どうしてあんな風に僕の前から姿を消したのか、ようやく理解した。

「僕の強引な申し出に神多さんは最終的に頷いてくれた。けれどどうしても最後に行きたい場所があると言って、僕は一度そこで彼女と別れた。送ろうと思ったけど、頑なに場所を教えてくれなくてね。だけど必ず戻ってくるという、神多さんの言葉を信じて待つしかなかった」

いのりが秘密にしていた場所のことを、僕は知っている。

彼女と最後に会ったあの二本杉だ。

そこから先は僕の知っているいのりだった。

ようやく知り得た失踪の理由に胸がもがれるように痛む。

もしあの時、今知ったことの全てを知っていたら、もっといのりの心に寄り添ってやれたのだろうか。彼女の抱えた罪を一緒に抱えてやれたのだろうか。考えれば考えるほど、理想と現実の狭間で何も出来なかった自分を呪いたくなる。

最後に会ったあの時、いのりはもう二度と僕の前に現れないつもりだったのだろうか。紫藤先生のもとに戻り、自分の姿を箱の中に隠した彼女がどんな覚悟を決めて僕の前から去っていったのかはわからない。

だけど、僕の答えは変わらなかった。むしろ全て知った後の方が、いのりに会いたい気持ちが増していた。

「あの動画を雨宮に送ったのも、やっぱり先生が？」

辰巳先輩が先生に尋ねる。

「雨宮くんのお兄さんのスマホは事件の日から僕が預かっていた。それで中のデータを抜き出したらあの動画が見つかったんだ。僕の方でネット上に晒すことも出来たけど、そうなれば家族である雨宮くんもただでは済まされなくなるだろうと思った。だからその判断は彼に任せたんだ」

その結果、雨宮は自分も非難されることを覚悟した上で、動画を世間に公表したのだった。

「いのりは、今どこにいるんですか」

僕の質問に、先生は丁寧に言葉を選ぶようにして言った。

「残念だが、今すぐ彼女に会わせることは出来ない。それを僕の独断で決めることは出来ないし、居場所を簡単に口にすることも出来ない。だけど僕から訊いてみるよ。だから少しだけ待っていてくれないか」

不安じゃないと言えば、嘘になる。いのりがもう一度僕に会いたいと思ってくれるのか、その答えは彼女の中にしかないからだ。

だけどもし、もう一度会えたなら、今度こそ目を瞑っている間に見失ったりしない。彼女の苦しみに寄り添えるような男になって、二度とこんな後悔は繰り返さない。

僕はそう強く心に誓いながら静かに頷き、その日は先生の家を後にした。

その帰り道、先輩に家まで送ってもらいながら三人でいのりに会えた時のことを話していた。もし会えることになっても、細心の注意を払わなければならない。

世間的にも法律的にも、彼女の罪は許されることではない。

匿うこと自体立派な犯罪だ。そんなことは百も承知の上で僕達はいのりを守りたかった。

「俺は会えなくていい」

先輩は真っ直ぐに前を見て運転しながら、助手席に座る僕に言った。

「それでいのりちゃんが捕まるリスクが増えるなら、俺は会えなくていいよ」

先輩がそう言うと、後部座席に寝転んでいた雨宮も続くように「俺もいい」と呟いた。

「だけど、三ツ矢。もしお前が神多に会えたら伝えてくれ。……生きてってくれてありがとうって」

そう言ってミラー越しの雨宮は、腕で顔を覆った。

雨宮が選んだ言葉は、やはり謝罪の言葉ではなかった。その言葉をいのりが望んでいないことを彼は理解しているのだ。秋津さんの墓の前で謝罪を繰り返す辰巳先輩に雨宮自身が発していた言葉を脳裏で反芻する。

辰巳先輩がハンドルを握りながらぽつりと呟いた。

「いのりちゃんはさ、雨宮にとって救世主だったかもな」

確かにいのりがもし事件を起こしていなかったら、雨宮は今頃彼女の代わりに事件を起こしていたかもしれない。そうなっていたら今の雨宮は確実に存在しなかっただろう。

「……そんな安い言葉じゃ足りねぇよ」

雨宮は静かに、だけどはっきりとそう言い切った。

そんな姿を見ていると、僕はどうしても気になってしまうことがあった。

「もしかして雨宮はさ、彼女のこと……」

雨宮は僕が何を聞き出そうとしているかに気づいていたと思うが、何も答えなかった。けれど答えないことが答えだと思った。

それでも僕は、いのりのことだけは譲りたくなかった。

「……雨宮ごめん。僕はやっぱり、ずっと彼女のそばにいたいんだ」

隣で先輩が微かに頬を綻ばせたのを見て、恥ずかしくなったが撤回するつもりはなかった。

「……ばーか、そんなの俺に言ってどうすんだよ」

これが僕の本心だから。

そう言った雨宮もまた、少しだけ笑っていたような気がした。

＊

年明けに発売されたある週刊誌が、雨宮の母の自殺未遂を取り上げた。

最愛の息子の死、さらにその息子の猫連続殺害事件が公になったことで雨宮の母の精神状態は限界を迎えていたのだ。手首を切り救急車で病院に運び込まれるも幸い命に別状はなく、その一連を僕は雨宮からすでに聞いていた。ただそれが週刊誌に掲載されてしまったことにより、ワイドショーは再び未解決事件のことを取り上げ始めていた。

匿われていた紫藤先生のもとから、再びいのりが失踪したと聞いたのはその直後だった。

そのことは、三学期が始まって間もなくその日のうちに先生から直接耳打ちで知らされた。

それまでいのりは先生の自宅から近い、秋津佳也の母親である姉の家で身を潜めて暮らしていたらしい。けれど週刊誌が出てから間もなく、朝姉が起きると彼女は忽然と姿を消していた。【やっぱり私だけ生きているわけにはいかない】と、置き手紙を残して。

その知らせは僕以外に、辰巳先輩と雨宮にも共有された。しかし雨宮は被害者遺族であるため、下手に行動を起こせば警察にバレる危険性がある。そこで先生と先輩と僕とで、手分けして彼女を捜索することになった。


月の鼓動が聞こえてきそうな静かな夜だった。

僕は昼間から辺りが闇に溶けるまでいのりのことを探し続けた。

探しながらずっと、いのりと出会ってからこれまでのことを考えていた。

僕の人生に突如訪れた青天の霹靂。彼女との出会いはまさにそれだった。

そんな彼女に恋をした。いつの間にか、けれど必然に。

彼女が好きだ。そして彼女が見せてくれた景色が、与えてくれた場所や仲間が好きだ。

彼女に繋がる全てのことが好きだ。たまらなく愛しくて、痛くて、苦しい。

何の取り柄もない僕が、いつかこんな感情に出会えるなんて思いもしなかった。

けれど不甲斐ないことに、そういう大事な感情を僕は何一つ伝えられなかった。

彼女がいなくなる日が来るなんて思いもしなかった、というのはただの言い訳だ。

この世界の全ては往々にして、いつか終わることを僕は知っていた。なのに伝えなかった。

その場限りの恥じらいや、勇気のなさを全て過去のトラウマのせいにして逃げた。

その結果伝えられなかった言葉は、後悔や未練に姿を変え、彼女がいなくなってからより一層深く心に刻み込まれた。

もう遅いかもしれない。だけどそれを言い訳にしてまた逃げるばかりの自分に戻りたくなかった。変わりたいと思った。大切なものをきちんと大切に扱えるように、逃げるより守れるように、差し伸べられるより先に差し出せるように、この痛みで誰かを癒(いや)せるように。

深夜〇時過ぎ。凍てつく寒さの中、いのりの行方はわからないまま、先生や先輩からその日の捜索は終了するとの連絡があった。三ツ矢くんも今日は帰りなさいと諭され、承諾するフリをして僕はある場所に戻ってきていた。あの二本杉の下だ。

この場所のことは僕といのり以外、誰も知らない。だからもしかしたら、と昼間にも一度探しにきていたが、その時は彼女の姿を見つけることは出来なかった。

辺りはすでに深い闇に包まれ、すぐそばまで行かなければ人がいることすら認識できない。

しかし自転車を乗り捨て、二本杉の根元で月夜に照らされた人影を見つけた時――僕はすぐにそれがいのりだと確信した。

一日中探し回った疲労は、いのりを前にして一瞬で吹き飛んだ。

馬鹿みたいに震えてくる手を寒さのせいだと言い訳しながら、一歩ずつ彼女に近づいていく。身体中が鼓動を打ち鳴らし、耳が遠くなったような気がした。あまりの鼓動音の大きさに、もしかしたら本当に月の鼓動が聞こえてしまっているのではないかとさえ思った。

二本杉の鳥居をくぐり、その根元で小さく膝を抱えて座るいのりを見つけた。

彼女は僕に気づくと静かに顔を上げたが、何も言わなかった。

だから代わりに僕は「久しぶり」と言った。声が震えた。

ありきたりな表現だが、本当に心臓が口から飛び出してきそうだった。僕は何度も這い上がってくる心臓をかろうじて飲み下した。

ずっと会いたかったいのりがついに目の前に現れて、用意していたはずの言葉を一瞬で全て失った。今日までこの日のことを何度も、何度もシミュレーションしてきた。けれどそれも彼女の前には全くの役立たずだと思い知る。

何かを発する前から、もう泣きそうだ。この日を僕はずっと、ずっと望んでいた。

僕は涙を堪えるのに必死で、結局それ以上言葉を発することが出来なかった。

「また、会えるなんて思ってなかった」

ようやく口を開いたいのりはそう言って、ぎこちなく微笑んだ。

間近で見る彼女は、最後に会った時より少し痩せていた。けれどやはりとても綺麗だった。

さっきまで空の上で何より美しく浮かんでいた月さえ、彼女を前にしては霞んでしまう。

この世界には、彼女より美しいものなど存在しないのだと改めて瞭然とした。

「……僕は会いたかったよ」

声を震わせながら、ようやく言葉を紡いだ。

彼女が少し驚いたような顔をして僕を見上げる。

「……本当に？」

「うん。……すごく、すごく会いたかった」

恥も外聞も捨てて、これまで抱えてきた気持ちを率直に口にした。

そんな僕の態度に彼女は戸惑いを見せた。

「久遠くんにそんな風に言われるなんて思わなかった」

「もう恥ずかしいとか、言わなくても伝わるとか、そんな理由で大切な言葉を言いそびれるのは嫌なんだ」

いのりは何だか落ち着かなそうに目を泳がせて俯く。

隣に腰を下ろし、彼女の横顔を見つめながら続けて言う。一度口を開いてしまうと、次から次へと伝えたい言葉が溢れ出して、自分でも止められなかった。

「伝えたいことがあるから、先に僕から言ってもいい？」

彼女は相変わらず顔に戸惑いを浮かべながら小さく頷いた。

僕は一度深呼吸をして息を吐き、そして初めて彼女の前で口にする名前を呼んだ。

「……いのり」

彼女が目を瞬かせて振り向く。

僕はこれまで、自分の気持ちはおろか彼女の名前さえ呼んだことがなかった。

それを呼ぶことさえ恥ずかしくて逃げていたのだ。

だけど、もう二度とそんなくだらない理由で後悔が残るのは嫌だ。

目と目が合い、その視線を逃さないように見つめたまま言った。

「僕はいのりのことが好きだよ。いつの間にか好きになってた。会えない間もずっと好きだった。きっとこの先も、僕はずっといのりのことが好きだと思う」

僕の言葉を黙って聞いていた彼女が、唇を震わせながら噛みしめる。

「僕はいのりに出会って、初めて自分の心が震えるのを感じたんだ。明日も君に会えると思うと、明日が来るのが楽しみになった。君に出会えたから、生きていてよかったと思えた」

嘘偽りのない言葉を紡ぎながら、改めて彼女の存在の大きさを実感していた。

枯れ木も山の賑わいでしかなかった僕が、心震える世界に出会い、恋をした。

過去のせいではなく、過去のおかげで今があると思わせてくれたのは、間違いなくいのりに会えたことがきっかけだった。いのりが強引に背中を押してくれなければ、僕は今も、いや、いつまでもこんな感情に出会うことは出来なかっただろう。

「だからいのり、僕に出会ってくれてありがとう。ずっと言いたかった。僕に声をかけてくれてありがとう。僕を好きだって言ってくれてありがとう。いのりが好きだと言ってくれたから、僕は自分を好きになれた。いのりのおかげで僕は変われた。……なのに一番苦しい時、そばにいてあげられなくてごめんね」

伝えながら、我慢できずに涙がこぼれてきた。

いのりの瞳にもみるみるうちに涙が浮かんできて、ぶかぶかのコートの袖でそれを拭いながら彼女は何度も首を横に振った。

「謝らないで。久遠くんは何も悪くない。それに久遠くんにそんな風に思ってもらえる資格もない。……私、人を殺したんだよ」

目を真っ赤にして殺人を打ち明けてくる姿を見ても、この気持ちが揺らぐことはなかった。この感情が正しいのかどうかは、もう考えるのをやめた。

感情というのはいつも道徳的に正しいとは限らない。その結果誰に否定されようとも、僕は最後までいのりの味方でいると決めていた。それが僕の答えだった。

「うん。それでも僕の気持ちは変わらないよ」

「だめだよ、私はもう生きてちゃいけない人間なんだよ」

「そんなことない。少なくとも僕は君のいなくなった世界なんて何の価値もないと思ってる。君が今死ぬなら僕も死ぬよ」

僕がそう言うと、彼女は声を詰まらせて咽び泣いた。そっと手を伸ばし、その背中を優しく撫でてやる。

そうしながら、世界中が敵に回っても彼女のそばにいたい、なんてことを本気で思った。

泣き続けるいのりが、ふいに声を震わせながら呟いた。

「……私、ずっと自分なんて消えちゃえばいいと思ってた」

初めて二本杉の下で彼女が消えたい、と言った時のことを思い出す。

「……父親が自殺する前日、言われたの。お前が生まれてから俺の人生は狂い始めた、お前さえ生まれなければ、今も俺は幸せに暮らしてた。本当の母親がどうしてお前を置いて出ていったかわかるか？　お前がそばにいると不幸になるからだよ、って。すごく傷ついたし、本当は言い返したいこともいっぱいあった」

　自分の行動を棚に上げ、子供にそんな言葉をぶつけるなんて許せないと思った。当時七歳かそこらの子供に責任なんてあるわけがない。

　怪訝に眉を顰めながら話を聞いた。

「だけどそう言い残して父親は本当に死んじゃった。……死なれちゃったら、もう何も反論できないし、弁解も聞けない。だからもしかしたら私は、本当に周りの人を不幸にする人間なんじゃないかって思うようになった。そう思うと自分が何のために生きているのかわからなくて。いつかまた誰かを不幸にするくらいなら、いっそ消えてしまいたいって、ずっと、ずっとそう思って生きてきた」

　彼女が消えたいと思うようになったきっかけを、ようやく僕は知った。彼女が幼少期に抱えたトラウマは客観的に見ればあまりにも理不尽だが、もし実の両親にそんなセリフを吐かれ死なれたら、果たして僕はそれをただの理不尽だと撥ねつけることが出来ただろうか。

「だけどそんな私を、妹だけが必要としてくれてた。私にすごく懐いてくれて、いきなり出来た姉妹だったけど本当に嬉しくて。両親がいなくなった悲しみとか寂しさとかを埋めてくれたのは妹だけだった。父が自殺した後、今の母親に施設に預けられそうになった時も、妹が反対してくれた。……だからその時から私、これから先は妹や、誰か人のために生きようって思ったの。自分の気持ちには蓋をして、そうすればもう誰も不幸にせずに済むんじゃないかって」

鼻を啜りながら、いのりが思いも寄らないことを口にする。

「さっき久遠くんは私のおかげで変われたって言ってくれたけど……違うの。そんな私の人生を変えてくれたのは久遠くんだったんだよ」

何のことを言っているのか見当もつかず、首を傾げた。

「本当は私ね、高校進学しないつもりだった。妹は将来音大志望だったし、義母は私の学費を出すのを嫌がってた。だけどそんな事情を知らない妹の手前、形だけでも受験することになって。だから私の中ではただの記念受験だった。本当にそれだけのつもりだった」

そう言っていのりは僕のことを見つめた。

「……受験の日に、久遠くんに出会うまでは」

「僕に？」

ずっと気になっていた。彼女がなぜ僕を好きになったのか——。

受験の日のことは、正直あまり覚えていない。

特に緊張していたわけでも、何があったわけでもなく、ただ試験を受けた、という だけの記憶だ。それまで友達もおらず、暇な時間は勉学に当てていたから、それなり に自信があったことで、正直余裕ぶっていたことは否めない。

「久遠くんは覚えてもいないだろうけど、受験日学校に向かう電車の中で偶然、私久 遠くんの隣に座ってたんだ」

「そうなの？」

僕が目を瞬かせると、いのりは少し得意げに首を縦に振った。

「久遠くん、私の隣ですっごく熱中しながら本を読んでたから、気づかないのも当然 だよ。私、それを見ててっきり受験の参考書でも読んでるんだと思ってね、何気なく 横目で覗いてみたの。そしたら久遠くん、そんな大事な日に参考書どころか宇宙図鑑 なんか読んでて。おまけに受験票をしおり代わりに挟んでたんだよ。それで私びっく りして二度見しちゃったもん」

いのりは肩を竦めながら、思い出したように頬を緩ませた。

「入学は出来なくても、一生に一度の記念受験だって私が意気込んでる時に、隣の彼は受験のことなんかさもどうでもよさそうに、宇宙図鑑なんか読み耽ってて。それも、ものすっごく楽しそうに。……その時私ね、この人の頭の中は一体どんな世界が広がっているんだろうってすごく興味を持ったの。見た目は大人しそうに見えたけど、実はこの人にはすごい世界が見えているんじゃないかって」

まさか受験日の僕のことを、いのりが見ていたなんて予想外だった。

それまでも移動時間はだいたい宇宙の本を読んでいたから、その日が特別だったというわけでもない。試験ギリギリまで参考書を読んだところで何か学べるとは思えなかったし、それよりいつもと同じことをしてリラックス出来た方がいいと思っていた。だからその時の僕は、別にすごい世界を見ていたわけでも、何でもなかったはずだ。

しかし当時、何か大きな勘違いをしたいのりは、受験後その足で本屋に向かい、その時僕が読んでいた本と同じ物をわざわざ購入したのだと言った。

「それまで私、宇宙のことなんて考えたこともなかった。目の前の現実ばかりに目を向けて生きてきたから。だけどその本を読み終えた後、私が抱えていた感情とか、孤独とかそういうものが和らいでいくように感じたの。世界が広がって、あんなに苦しかった悩みまでどうでもいいことのように感じた。そんな気持ちになったのは父が死んでから初めてだった」

僕も同じような理由で宇宙の世界にのめり込んでいったから、気持ちがよく理解できた。どうしようもない孤独も、宇宙のことを考えている間は忘れることが出来る。悩みもしがらみも、宇宙を前にするとあまりにも小さくてどうでもよくなる。

その瞬間がずっと、幼き日の僕の救いだった。

「それから私、宇宙のこと勉強し始めて、調べるほどにハマっていって、図書館に通って本もたくさん読んだよ。そうやって過ごしているうちに記念受験に合格してたことがわかったの。それを知った時初めて、私、少しだけ自分のために生きてみたいって思った。妹や誰かのためじゃなく、自分のために高校に行きたいって、こんな気持ちを教えてくれたあの人に、もう一度会いたいって思った。もう一度、久遠くんに会って話がしてみたいって」

彼女は当時のことを、目を輝かせながら語った。

「それで一年だけでいいからって、何とか義母に高校入学を許可してもらったの。だけど久遠くんに出会って話してみたら、思ってた通り面白い人で、学校がますます楽しくなった。一年だけって約束で入学を許可してもらったのに、もっと一緒にいたくなった。だからアルバイトして少しでも自分で学費をどうにかしようなんて思ったりして。でもそれもこれも、久遠くんともっと一緒にいるためだと思うと何にも苦じゃなかったよ。私は久遠くんのおかげで、自分のために生きる意味を見つけたの」

そしていのりは僕を見つめて言った。

「……久遠くんが、私の中の宇宙を作ってくれたんだよ」

知らず知らずのうちに、彼女の人生に影響を与えていたことを知り、驚きは隠せなかったがその反面、胸が苦しくなるほど嬉しかった。

「まさか、そんなことがきっかけだったなんて思いもしなかったよ」

僕が率直にそう言うと、彼女は真っ赤な目で微笑みながら言った。

「一目惚れなんてそんなものだよ。……だけどそんなものが、人生を一変させてしまったりするんだよ」

いつか、一目惚れで運命の人に出会う確率を語っていた彼女のことを思った。

――僕達はお互いの宇宙の始まりだった。

トンネル効果によって広がった宇宙のように、僕達はお互いに出会った瞬間、何もないように見えていた無から有の世界に転じていったのだ。

これは奇跡だろうか。奇跡のような偶然だろうか。

そうじゃない。僕はそれよりもずっと、ふさわしい言葉を知っている。

「……いのり、僕は運命を信じるよ」

僕達が今一緒にいられるのは宇宙の始まりから今日までのいくつもの時間と現象と偶然の積み重ねによるものだ。

彼女に出会って恋をした瞬間、僕が越えてきた幾十の悲哀の夜が初めて意味を持った気がした。

この出会いは、今まで自分自身が否定してきた人生を全て肯定させてくれる存在になった。

僕は、僕の人生を大切に生きるため、それに気づくため、彼女が必要だった。

そしてそれが自分だけではなく、彼女も同じだったと知った今、それは確信に変わった。

——僕といのりが出会うことはきっと、決められた運命だったのだと思う。

僕はいのりの、いのりは僕の、宇宙を生み出す全ての始まりだったのだから。

「君が信じさせてくれたんだ。何度も、何度も飽きもせずに纏わりついてきて、いつの間にかいのりの思惑通り、僕は運命を信じてしまった。だから、いのりがいなくなってからも僕は、何をしていてもどこにいても、君のことばかり考えていた。まるで世界から時間が消えたみたいに思えた。最後に君に会った時、目を瞑らず君のことをちゃんと見ていたらよかったって、何度後悔したかわからない」

それを聞いていたいのりが、再び涙をぼろぼろとこぼしながら嘆くように言った。

「……ごめんね。……私、もう後戻り出来ない所に行っちゃった」

いのりが犯した罪を許さない人はきっと大勢いるだろう。

相手がどんな人間であれ、殺人を犯していいという道理は通らない。

その罪はこの先彼女が生き続ける限り、永遠に消えることはないだろう。

けれど、罪を犯した人間を、世界中の誰一人許してはならないという道理もない。

だから僕は彼女を許すと決めた。

誰に恨まれようと、罵られようと、僕だけは何があっても彼女を許す存在でいる。

それが唯一無二の運命の相手に出会った僕の定めだと思うから。

「僕は君を許すよ。罪ごと全部僕が受け止める」

彼女が困惑した様子で顔を上げる。

「その代わり、ずっと君のそばにいさせて欲しい。僕はもう二度と君を失いたくないんだ。そのために自首して欲しい」

その言葉に、彼女は唇を震わせながら僕を見据えた。

「……いのり、目を瞑って」

僕からそのセリフが発せられるとは思っていなかったのだろう。

いのりが少し戸惑ったように目を泳がせる。

「いつも、目を瞑るのが僕ばっかりでずるいなって思ってた」

そう言って少し笑ってみせると、彼女は不安そうにしながらも、観念するようにおずおずと僕の前で目を閉じた。

長い睫毛が影を落とし、唇はまだ微かに震えている。

僕は玉響、その顔を眺めた。突然目の前からいなくなってしまった彼女が、今またこうして隣にいることに、まだ白昼夢でも見ているかのような気持ちになる。

だからこの現実を確かめるように、僕はゆっくりといのりの肩を抱き寄せた。

はっと息を止めて目を開く彼女の体をさらにきつく抱きしめ、僕は静かに囁いた。

「……ずっといのりのそばにいるよ。僕は目を瞑っている間に消えたりしない」

「でも……」

「僕は絶対に君が戻ってくるのを待ってる。いのりが拒んでも、嫌がっても、僕はこの先ずっと君に纏わりついて、いつかの君みたいに執念深く待ってるから。それでも君の罪が消えないなら、僕も一緒に背負うから。だからもう一度、二人でこの世界の時間を進めたいんだ」

そしてみんなの思いを伝えた。

「これは僕と、雨宮と、辰巳先輩と、君を愛する全ての人からの言葉だよ。今日まで生きていてくれてありがとう」

途端に彼女は、僕の腕の中で声を上げて泣き出した。

そして途切れ途切れに言葉を詰まらせながら口を開いた。

「……あれから私、何度も死のうと思った。だけどそのたびに、久遠くんが前に言ってくれた言葉を思い出したの。私が学校の屋上でふざけた日、もう二度と大切な人が死ぬのは見たくないって言ってくれた久遠くんのこと。こんな私を大切な人だって言ってくれたこと。こんな罪犯しておいて勝手だけど、……でも、久遠くんの宇宙の中ではずっと、生き続けていたいって思っちゃったの」

そしていのりは泣き濡れた声で訥々と言った。

「……私、本当に生きてていいのかな」

シュレーディンガーの猫のように僕の前から去ったあの日のことを思うと、今でも胸がもがれるように痛む。僕はたまらなくなって語気を荒らげながら言い切った。

「いいに決まってる、誰が反対したって僕が許すよ」

「本当に……？　絶対に許されないことをしたのに？」

「許されないかもしれない。だからこそ生きていくんだよ。罪を背負いながら二度と同じことを繰り返さないと誓って、そうやって死ぬまで償うんだよ。……でも、そんな君を一人きりで歩かせたりしない。僕が隣で一緒に歩くよ。寿命がきて死ぬ時まで、ずっと、二人で抱えて生きていこう。……これからはずっと一緒だよ」

彼女が嗚咽（おえつ）しながら、僕の体を抱きしめ返してきた時、少しだけほっとしていた。この思いがきちんと伝わったとわかったからだ。

心の底から、彼女のことを愛しいと思った。

いのりと離れていた間に膨れ上がった彼女への想いさえ、まだまだ生まれたばかりの宇宙なのだと知った。この先この気持ちは今の限界を超えてさらに膨張し、僕の体を流れる血液も、身体中の細胞も全て彼女のために捧（ささ）げられるのだろう。

それが僕の本望だ。

彼女を秒針にして再び動き出した時間だから、彼女のために使いたい。

それが、僕が僕として生きていく上で一番大事なことだから。

もしかしたらそれは、人間原理のように僕が僕に都合の良い世界を選んでいるだけなのかもしれない。それでも絶対に後悔しない。

ただひとつ、いのりがそばにいてくれる未来がこの手の中にあり続けてくれるなら。

紫藤先生に連絡して、いのりを一度迎えにきてもらうことにした。

それが今の彼女にとっては一番安全だと判断したからだ。

しばらくして僕らの前に赤いミニバンがやってきた。

「このコート秋津さんのなんだ。勝手に持ち出しちゃったし、自首する前に返さなきゃ。今までのお礼もちゃんとしておきたいし」

そう言いながら目を真っ赤に腫らした彼女が立ち上がる。

そして僕の方を見つめながら、微かに口角を上げて言った。

「久遠くん、ありがとう」

それが何の礼なのか、わからず僕は首を傾げた。

するといのりは口ごもりながらも、真っ直ぐに目を捉えて言った。

「……待っててくれる？」

不安そうに声を強張らせてそう尋ねる彼女に、僕は大きく首を縦に振った。

「もちろん。君が戻ってくるまで何年でも、何十年でも待ってるよ」

そう答えると、彼女はまた泣きそうに眉を顰め、そして僕の手を一度ぎゅっと握りしめた。その手の中に何か違和感を覚えて開き見ると、彼女が好きだったりんご飴が握らされていた。

僕は顔を上げて彼女を見つめた。

「今、これしか持ってないから、……私だと思って持ってて」

彼女は少し照れ臭そうにしながら、それでもはっきりとした声で囁いた。

「……大好きだよ、久遠くん。私、君に出会って恋をしてよかった」

「僕も大好きだよ、いのり。この先もずっと」

その言葉で彼女が微笑んでくれた時、僕は一点の曇りもない幸福を感じた。

彼女を失う恐怖や不安の全てが、波が引くように消えていく気がした。

これでもう安心だ、と思った。

彼女が僕の手を離れ、車に戻っていく姿に手を振って見送っている時も、もう会えなくなるかもしれないという不安は微塵(みじん)もなかった。


——数日後、いのりが死んだと知ったのは、何気なく見ていた早朝のテレビ番組から流れてきた速報だった。

彼女は警察署に自首する前、謝罪のため雨宮の実家を訪れていた。

そこで、いのりは雨宮の母親に殺されたのだ。

死因は腹部を包丁で刺されたことによる失血死。
さらにそれを目の当たりにした雨宮は自殺を図り、学校の屋上から飛び降りて重傷。
しかし幸いにも、一命を取りとめた。
雨宮の母親はその後、夫に連れられて自首。
その顚末は長い間、ワイドショーを賑わせ続けた。

Episode4　永遠の完全犯罪

いのりの遺体は検視に回され、司法解剖された後、家族のもとに返された。雨宮の兄の殺害関与については、被疑者死亡のまま処理される見通しとのことだ。葬儀は開かれず、ひっそりと直葬される運びになったことは紫藤先生から伝えられた。

紫藤先生の強い希望により、いのりと親交の深かった僕と辰巳先輩は火葬場に同行することになり、雨宮は入院中のため参加することは叶わなかった。

学校の制服に身を包み、火葬場に向かっている最中も僕は未だその現実を受け止められないでいた。

僕だけではない。火葬場に着くまで辰巳先輩も、紫藤先生も呆然としたまま一言も口をきかなかった。

いのりはもうシュレーディンガーの猫ではなくなってしまった。

彼女の死という現実はあまりにも重かった。秋津佳也から始まった死の連鎖が、こんな結末を迎えるなんて誰も想像していなかっただろう。

ネット上には賛否の声が溢れていた。目には目を彷彿とさせる終結に、自業自得との声が上がる一方、生前の夕陽の行いから、死の裁きは重すぎるという声もあった。事実、法に基づき刑を科されていれば彼女が死ぬことはなかった。けれど子を持つ親達は、雨宮の母親には同情の余地があると言った。

僕が望んでいたたった一つの未来は、都合が良すぎることだったのだろうか。

罪を犯した彼女と共に、世界の片隅でひっそりと生きていきたいという願いは身勝手な考えだったのだろうか。

火葬が行われる直前、いのりの棺が安置された部屋に案内されると、中には二人の女性が座っていた。一人は呆然と部屋の壁を眺めていて、もう一人は学生服を着たまま棺に縋り付いて泣いていた。いのりの義母と妹だとすぐにわかった。

彼女の直葬に参加したのは、彼女の家族と僕達三人だけだった。世間体を考えれば仕方のないことかもしれないが、天真爛漫だった彼女の最期がこんなにも寂しいのかと、やるせない気持ちになる。

部屋の真ん中に置かれた無機質な棺の中に、いのりが眠っている。

でも中を覗いて、それを確認することはどうしても出来なかった。僕はこの期に及んで、その棺の中の彼女をシュレーディンガーの猫にしようとしていた。

僕がそれを観測してしまったら、いのりの死は決定してしまう。最後の悪あがきだろうと、それを観測するまで僕の中で彼女の死は決定しない。そう無理やり言い訳して現実と直面することを避けた。

僕の宇宙の中で生き続けることを、いのりは望んでいたのだ。

だから僕は棺の中の彼女の顔を最後まで拝むことはなかった。

たまらず部屋を出て、人気のない休憩所の自動販売機の前の長椅子にもたれた。

目の前でチカチカと光る自動販売機をぼんやりと眺めながら、いのりと行った花火大会の時のことを思い出していた。

あの夏が、永遠に終わらなければよかった。

あの夏が永遠に続いていれば、今頃彼女はりんご飴を頬張りながら、僕の隣でこの手を握り返してきてくれたのに。

ふと思い出して、コートのポケットに忍ばせていたある物を取り出した。

最後に会った時、いのりが私だと思って持っててと手渡してきたあのりんご飴だ。

今となっては、彼女の形見と呼べるものはこれだけだった。

りんごを象(かたど)った赤い棒付きの飴にニコちゃんマークが印刷されたパッケージ。

手の中で無邪気に笑いかけてくるそれを見ていると、どうしようもなく涙が溢れてきた。

僕は両手で顔を覆い、声を殺して泣き伏した。

いのりの死を観測しないという最後の悪あがきをしても、彼女がいない現実を覆すことは出来ない。僕がこの飴を持っている違和感や、しめやかに流れるこの場の空気や、彼女を入れた棺の光景が四方八方から迫り寄ってきて、目の前の現実に追い詰められていく。

「三ツ矢久遠さんですか？」

その時、突如背後から聞こえたその声に振り返ると、さっきまで棺のそばで泣いていた制服姿の女の子が立っていた。

「私、神多いのりの妹の望美（のぞみ）っていいます」

彼女は泣き腫らし真っ赤になった目と鼻にハンカチを押し当てながら小さく一礼した。

慌てて袖で涙を拭き、狼狽しながらも同じように頭を下げた。

隣座ってもいいですか、と言われて少しだけ横にずれると、彼女は僕の隣におずおずと腰を下ろした。まだあどけなさが残る丸い横顔は、いのりとはあまり似ていなかった。

「さっき焼香は終わって、火葬炉で火葬が始まるところです」と呟いたきり、望美は何も語ることなく隣で物悲しげに座っていた。

握り合った手も、見つめ合った瞳も、抱きしめた時の細い体も全て、もうじき骨だけを残して焼き尽くされてしまう。僕はぎゅっと目を瞑り考えるのをやめた。

これ以上考えてしまえば、望美の前でまで情けない姿を見せてしまいそうで、「何か飲む?」と無理やり気丈に振る舞って、自身の財布を取り出しながら彼女に声をかけた。

すると望美は、ようやく口を開いた。

「お姉ちゃんの彼氏なんですよね」

まさかいのりの妹が僕のことを知っているなんて思いも寄らず、驚きながらも頷いて見せる。

すると望美は再び顔を歪め、瞬く間に溢れ出す涙をハンカチで拭った。

いきなり出来た姉妹だったけど本当に嬉しかった、と語っていたいのりのことを思い出した。こんな形で家族を失った望美は今僕と同じ、もしくはそれ以上の悲しみを抱えているのかもしれない。そう思うと、妙な親近感を覚えた。

立ち上がり、自販機で温かいお茶を購入して望美に手渡した。彼女はありがとうございます、と小さく呟いてそれを受け取った。

けれど彼女はそれを飲むこともなく、両手で抱えたまま何か思いつめたような様子で俯いていた。

あえて急かすことはせず、僕は彼女が何か話し出すのを黙って待った。

いのりを失った今、僕に残された余生は塵芥に続いていくところだったからちょうどよかった。このまま一年でも百年でも待っていられるような気がした。

そうしてしばらくして、望美は声を震わせながら、か細い声で再び口を開いた。

「……私、どうしても貴方に伝えておかないといけないことがあって」

いのりの妹である彼女が、僕に伝えたいこと。想像してみたが全く見当もつかなかった。今日初めて顔を合わせたばかりで、ほとんど赤の他人の僕に一体何を伝えなければならないのか。

「僕に伝えておかないといけないことって？」

望美はまた口ごもり、けれど何かを決意した顔つきで僕の方をじっと見つめて言った。

「お姉ちゃんが起こした事件……本当の犯人はお姉ちゃんじゃないんです」

一瞬、望美が何を言っているのかわからなかった。

脳内でゲシュタルト崩壊が起きて、うまく言葉が理解できない。

僕は思わず聞き返した。

「どういう意味？」

「……あの人を刺したのは、私なんです」

声を震わせ唇を噛みしめながら、望美が絞り出すように呟く。

もう一度聞き直しても、やっぱり意味がわからなかった。夕陽を刺殺したのはいのりのはずだ。いのり自身それを認めていたのだから間違いない。

「ちょっと待って。意味がわからないんだけど」

「お姉ちゃんには口止めされていたんですけど、……こんなことになるなんて」

望美は堪えきれずに泣き出して、顔にハンカチを押し当てた。

その状況に混乱しながらも、必死に彼女の真意を推察し、僕はある一つの可能性を導き出した。

万が一それが事実なら、僕は今までとんでもない誤認をしていたことになる。

まさかと思いながらも、恐る恐る望美に尋ねた。

「……まさかいのりは、君のことを庇っていたってこと？」

望美は泣きながら、静かに首を縦に振った。

それを見た瞬間、目の前が真っ白になった。

――いのりは、殺人など犯していなかった。

彼女は妹の罪を被っただけだったというのが事実だとすると、なぜいのりは殺されたのか。最悪の想定が一気に僕を飲み込んで身体中が震えた。

これ以上聞いてしまうのが怖かった。聞いてしまえば、あまりの理不尽さに正気でいられなくなってしまうような気がした。

けれど、今聞いた話を忘れることは出来ないだろう。

なぜ初対面である僕に望美がそんな重大なことを打ち明けてきたのかはわからないが、何か意味があってのことだということはわかる。でなければ、この告白は無意味過ぎた。

心の準備が出来ていたかと言えば、違う。

でも聞かなければならない。それが僕の〝運命〟だと直感的に思ってしまったから。

「……ちゃんと教えて欲しい。いのりが君を庇うことになった経緯を」

そして望美は、いのりが起こしたと思われていたあの事件の最後の真実を静かに語り始めたのだった。

事件当日、いのりより先に帰宅していた望美は飼い猫の世話をしながら一人家で過ごしていた。母親は夜勤の仕事に出て帰宅は翌朝の予定だった。

いのりから夜間観測のことは聞いていたが、その後鍵がないとの電話が入る。鍵を家に忘れたかもしれないとのことだった。翌日朝から管弦楽部の練習があった望美は、早く眠りたいと伝えると、夜間観測はキャンセルしてこれから帰る、と返答があった。

電話を切り、しばらくして家のインターホンが鳴った。

いのりかと思い玄関に出ると、そこに見知らぬ若い男が立っていた。それが夕陽だった。

彼から自分はいのりのバイト先の同僚であること、さらにいのりがバイト先に鍵を忘れ、それを届けに来たことを伝えられた。彼が持っていたのは、確かにいのりの鍵だったという。

いのりから彼氏がいるという話を聞いていた望美は、わざわざ家まで鍵を届けてくれる親切さに、彼が姉の彼氏なのではないか、と思い込んでしまったらしい。

話し方も態度も非常に感じが良く、人柄の良さそうな風貌に、すっかり信じ込んでしまった望美は、もうすぐ姉も帰ってくるから、と彼を家に上げてしまった。

夕陽にお茶を準備しながらいのりにそのことを連絡すると、慌てた様子で電話がきたという。

「その人は、猫連続殺害事件の犯人だから家に入れちゃダメだって。それを聞いて私すごく怖くて、もう上げちゃったしどうしたらいいかわからなくて。そしたらお姉ちゃんが念のために母の睡眠薬をお茶に入れて眠らせてって。帰ってから私がどうにかするからって」

望美は声を震わせながら当時のことを克明に語った。

いのりに言われるがまま、バレないよう母の睡眠薬を砕きお茶に溶かし入れ夕陽に差し出すと、彼は疑うこともなくそれを口にした。

しかし睡眠導入剤の効き目はなかなか現れないまま、しばらくしていのりが帰宅。いのりは望美に二階にいるように伝え、望美はそれに従って二階に移動したものの、やはり気になり降りてきて、隣の部屋から息を殺してその一部始終を見ていたという。

そこからは、紫藤先生がいのりから事件の直後に聞いたことが起きる。

夕陽のことが許せなかった、と語っていたいのり。

だが肝心なところが違っていた。

先生から聞いたいのりの話では、その後夕陽の殺害を企てたいのりは、睡眠薬によって眠った彼に塩化カリウム溶液を投与。しかしその痛みで飛び起きた夕陽と揉み合いになり、最終的に刺殺してしまったということだった。

けれど望美の話によると、いのりは夕陽に対し、秋津佳也の家族に謝罪することを求めたという。当然夕陽はそれを拒んだ。

『馬鹿が勝手に死んだだけだろ。なんでそれで僕が謝罪なんかしなくちゃいけないのさ。そんな弱い奴、元より生きてる価値なんかないんだよ』

無情にそう言い放った彼に、いのりは怒りに震えながら言い返した。

『秋津さんは弱くなんかない。誰より強くて優しいから命をかけて弱いものを守ったんだよ。朝日くんだって貴方よりずっと強い。弱いものいじめしか出来ない貴方みたいなくだらない人間より、よっぽど生きてる価値がある。それに比べて、所詮貴方は外面ばっかり気にして、人間相手には指一本出せない臆病者の弱虫じゃない』

その言葉に、夕陽の顔色が変わった。

カッとなった夕陽はその直後奇声を発し、いのりを押し倒して馬乗りになった。歪んだプライドを傷つけられたのだろう。

そして両手で思い切り彼女の首を締め付けた。

その時彼は、譫言(うわごと)のように「殺してやる」と何度も繰り返し呟いていたという。

いのりは必死に抵抗するも、男に馬乗りになられ首を締め付けられている状態で、それを跳ね返すほど抵抗できるはずもない。

それを目の当たりにした望美は、このままではいのりが殺されると思い、慌ててキッチンから包丁を持ち出した。

　そして、姉の上に覆いかぶさる夕陽の背中を無我夢中のうちに突き刺していた――

　それは姉を守るための咄嗟の行動だった。

　背中を刺され倒れ込んだ夕陽と、包丁を握りしめたまま呆然と立ち竦む望美の姿を見たいのりは、最悪の事態が起きてしまったことを知る。

　その瞬間、いのりは糖尿病を患っていた猫用の注射器を持ち出し、それに雨宮から預かっていた塩化カリウム溶液を注入し、彼に投与した。

　その後、その遺体を家にあった段ボール箱の中に入れた。

　僕はそれを聞いて、確信した。

　彼女がその時、瞬時に企てたのは――

　この殺人を計画的殺人に見せかけるための完全犯罪だったのだと。

　段ボール箱に入れたのも、猫連続殺害事件との関連を匂わせるためだったはずだ。

　理由はもちろん妹である望美を守るためだろう。いのりはそんな逼迫（ひっぱく）した状況下でも、自分の未来より、愛する妹を守ることを優先したのだ。

　僕はその真実に、狼狽えながら尋ねた。

「……その時、いのりは君になんて？」

望美はか細い声を振り絞って答えた。

「……ユメをよろしくって」

「ユメ？」

「飼い猫の名前です。私が小学生の時拾ってきたんです。猫嫌いのお母さんに、お姉ちゃんが何度も頼んでくれて飼えることになったんです。だけど飼ってみたらお姉ちゃん猫アレルギーで触ったり世話したり出来なくて」

「え？　いのりは猫アレルギーだったの？」

望美は静かに頷く。

思い返してみれば、いのりが直接猫を撫でているのを見たことはない。野良猫を見つけると声色を変えて話しかけていたし、雨宮の猫の飼い主探しにも積極的だったから、アレルギーだったなんて気づきもしなかった。

「望美がこの家からいなくなったら誰も面倒見られないから、責任持って最後までちゃんと面倒見なさいって。望美が面倒見る約束でユメのこと飼ったんでしょって」

いのりが望美にそんな風に諭したのはきっと、今回の事件が妹のトラウマとならないよう配慮してのことだと思う。

そして、私がどうにかするから事件の真相は絶対に秘密にするよう言われた望美は、自分の犯した罪のあまりの大きさから、ついに今日まで誰にも打ち明けることが出来なくなってしまったと言った。

「ニュースでお姉ちゃんが犯人にされてるのを見て、何度も自首しようと思った。だけどやっぱり怖くて。ずっと誰にも言えなくて……だけどやっぱり、こんなのダメだから。もう遅いかもしれないけど、でもちゃんと自首しようって思ってます」

　望美はまだ大人にもなりきれない小さな身体中を震わせながらそう言った。

「どうしてそれ、僕に話してくれたの……？」

「……お姉ちゃんが殺される日の朝、実家に寄ってくれたみたいなんです」

　そう言って望美は、一通の封筒を僕に差し出してきた。

「私への手紙と一緒に、ポストに入っていたんです。……貴方に」

　それを見て、言葉を失った。

【0・0000000000000000000000000000000000000000000006パーセントの運命の君、三ツ矢久遠くんへ】

と書かれた横に添えるように押してあったスタンプを見て、あることに気づいてしまったからだ。

　そのスタンプは僕と紫藤先生が交換していたノートに、毎日押されていた猫のスタンプだった。そしてこの確率は僕が交換ノートに書き記したものだ。

いのりはずっとあれを読んでいたのだ。

僕達は目に見えないところで、ずっと繋がっていた。

彼女がどれほど僕のことを思っていてくれたのか手紙の中身を見なくても、痛いくらいに伝わってきて、迫りくる悲痛の感情に胸が引き裂かれそうになった。

ついに望美の前でさえ堪えきれなくなった涙が封筒の上にこぼれ落ち、いのりの文字を滲ませていく。

僕がどんなに悲しもうと、打ちひしがれようと、彼女はもう帰らない。

いのりの死に心を病んで、今僕が自ら命を絶ったとしてもこの現実を変えることは出来ない。

正直、彼女の死の一報を聞いてから、僕はこの先の人生を生きていく自信がなかった。その意味を何一つ見出(みいだ)せなかった。

けれどいのりが同じように死を選ぼうとしていた時、彼女は僕のために生きる道を選ぼうとしてくれた。そして一生涯の罪を抱えたまま、僕と共に生きようとしてくれていた。

いのりは極限まで僕に生き抜く強さを見せてくれたのだ。なのに僕が今ここで死を選んだら彼女はどう思うだろうか。もし逆の立場だったら僕はどう思う。

答えはあまりにもわかりきっていた。

僕はその手紙を開くことなく、手に握ったまま不安そうに俯く望美に言った。

「……今聞いた話は全て、僕達だけの秘密にしよう」

「え？」

望美が驚いたように顔を上げる。

「君の行動はいのりを守るための正当防衛だよ。きっと同じ状況下なら、多くの人が君と同じことをしたと思う」

「だけどこのまま嘘ついたままじゃ、私……」

「君がその告白をしても、もう誰も報われない。君のために身代わりになったいのりも、息子を殺された恨みからいのりを刺した彼の母親も。その真実を公表して楽になるのは君だけだ」

彼女は顔を曇らせながら、じゃあどうしたら、と消え入りそうな声で呟く。

「だからいのりとの約束を守って。そしていのりの分まで幸せになるんだ。それが命をかけて庇われた側の人間の責任だよ。君のためなら、僕も何でも協力する。君が抱えた十字架も僕が一緒に背負うよ」

望美は激しく首を横に振りながら、そんなことは出来ないと反論した。

けれど僕はもう一歩も引き下がるつもりはなかった。

「僕は真実を知っていて君に黙っているように強要した。これも立派な罪だよ。君が捕まれば僕も捕まる」

逃げ道を塞がれ、困ったように眉を顰める望美に続けて言った。

「君は僕に助けられたんじゃない。罪人同士、僕達は今日から共犯になったんだ」

望美はハッとした顔をして僕を見つめ、そしてまた世界が終わるほどの悲しみに涙を溢れさせた。

僕はその背中を静かに摩(さす)りながら、そっと目を閉じる。

瞼の裏に、制服姿のいのりが佇んでいた。

あとは任せた、と言っているようにも見えたし、ごめんねと物悲しげに微笑んでいるようにも見えた。これは僕の想像だ。だけどやっぱりそれは紛れもなくいのりだった。

この世界には目に見えないものが溢れている。

心や愛、記憶や意思、喜びや悲しさや、優しさも全て、実体はないけれど確かにこの世界の中に存在している。

シュレーディンガーの猫の生死も、いのりから託されたこの手紙の中身も然り。

人は目に見えるものばかりを求めてしまう生き物だ。けれど目に見えなくても確かにあるもの、残っているものがある。過去も記憶も、遠い昔に失われたものなどではない。

もう二度と戻ってこない彼女も、今も確かに僕の胸の中にいる。

これはただの綺麗ごとではない。確かにいるのだ。

ただこの目に映らなくなっただけで、彼女が僕にくれた宇宙は、やっぱりこれからも彼女と共に広がっていくのだと思う。

僕は膝の上に乗せていた手紙を、読むことなくポケットにしまった。

読まなくてもわかる。そんなこと言ったら彼女はせっかく書いたのに、と膨れるかもしれないが、一番大事なのは手紙の内容なんかじゃない。

いのりが僕にこの手紙を書くため割いてくれた時間、そこに一番の価値があるのだと思う。

この宇宙は有限だ。生きていられる時間も無限にあるわけじゃない。

だから、この期限つきの時間を共に生きた存在を、僕は忘れない。

……それでも、いつかどうしようもなく寂しくなって、彼女のぬくもりが恋しくて耐えきれなくなったら、その時はこの手紙に頼るかもしれないけれど。

「君達、ちょっとこっちにおいで」

その声に振り返ると、紫藤先生と辰巳先輩が僕らを探しにきたところだった。僕達の様子を見て何を悟ったのかはわからないが、紫藤先生はこちらに向かって手招きした。

僕と望美は顔を見合わせ、重苦しい空気をまとわせたまま先生についていった。

先生に連れられてきた場所は、火葬場の建物の裏側だった。殺風景なそこには、唯一彼岸桜の木が植えられ、浅紅の蕾を宿していた。

「ひと昔前まで火葬場といえば、背の高い煙突があってね、そこから立ち上る煙を見て、人々は故人が天に昇っていったのだと思いを巡らせていたんだよ」

先生は生憎のどんよりとした曇り空を眺めながら言った。

先生の言うように昔の火葬場にはどこも高い煙突があった。今は匂いや粉塵などの問題で、煙突は次々に撤去されていき、いつの間にか姿を消していったのだ。

「あそこを見てごらん」

紫藤先生は建物の裏側に設置されていた排気口を指差しながら言った。

「今となってはもう匂いも色も無くなってほとんど煙も出ないけど、少しだけ空気が揺らいでいるのが見える？」

目を凝らしてよく見てみると、確かに排気口のそばの空気が微かに揺らいでいるのが見えた。紫藤先生はそこで、まるでいのりも含めた宇宙部で最後の授業を行うかのように話し始めた。

「僕達の体を形作っている原子の中心には原子核があり、それは陽子や中性子で出来ている。そしてそれをさらに砕くと素粒子というそれ以上分けられない小さな物質になると前に話したことがあるね。その素粒子のことをアップクォークやダウンクォークと呼んだりするんだけど、宇宙が始まった直後からその数は不変なんだ。このクォークは単独で存在することは出来なくて、常に陽子や中性子という形を維持しているものの、クォークの数自体は今のところ不滅、そして不老不死だと言っていい」

先生はそう言い切ると、僕らの顔をそれぞれ一目してからこう言った。

「つまり僕が何を言いたいかというと、神多さんは決して死んでいないということだよ」

辰巳先輩と望美は少し戸惑いがちに先生を見つめるが、先生は構わずに続けた。

「僕達の体は永遠にこの形を保ち続けることは出来ない。この先医療技術が発展していかない限り、長くとも百年もすれば誰しも例外なく朽ち果てていくだろう。でも僕達を形作っている根本の物質は永遠に存在し続けているんだ。何百年、何千年前、今僕達の体を構築している素粒子は、ニュートンやアリストテレスの体を作っていたかもしれないし、美しい桜の木だったかもしれない。もっと遡れば僕達は別の惑星の一部だった時も、超新星爆発によって宇宙にばら撒かれた星屑だった時もあっただろう。そうやって形は違えど、僕達は宇宙が始まった直後から今日までずっと生き続けているんだ」

そして紫藤先生は、いのりの揺らぎを眺めながら呟くように付け加えた。

「もちろんああして今、気体となってこの地にばら撒かれた神多さんも、一部はあの彼岸桜の木に吸収され、一部は君達の体の中に吸収され、一部は海風に紛れてどこまでも遠くに渡っていくかもしれない。全て、生きたままにね」

それを聞いた時、心が救われていくような気がした。

彼女は生き続けている、という僕の思いが科学的に証明されたような気がしたからだ。

「諸行無常、この宇宙は常に形を変え続けている。何も恐れることはないよ」

悲しみの中に微かな希望を抱いて、先生は僕の肩をトンと叩いた。

その時、ふと僕らのもとに雨がぽつり、ぽつりと降ってきた。

——まるで旅立つ彼女を引き止めようとする、やらずの雨のように。


彼女と出会ったあの日から、僕の世界は様変わりした。

あの頃は、こんな日がやってくるなんて想像もしていなかった。

もっと彼女と宇宙の話をしたかった。

もっと彼女の見てきた世界を知りたかった。

もっと彼女の笑顔を見つめていたかった。

もっと彼女に触れ、——いつかその唇にキスしてみたかった。

もっと、もっとと思い巡らせればきりがない。

そばにいられる時間が有限であることも、僕が僕として形を保てる時間が有限であることも事実だ。彼女の根本がこれから先も永遠に生き続けてくれることは救いだが、もうあの手を握ることも、見つめ合うことも出来ない現実が変わるわけではない。

逃れることの出来ないその現実の狭間で、僕は思わず口走った。

「……それでも、思い出して寂しいと思ってしまったら？」

すると先生は、少し考えるように口を閉ざした後、静かにこう言った。

「思い出すという行為は多分、寂しいことじゃない。今も一緒に生きていることを再確認する行為なんだと最近、僕は思うんだよ」

記憶の中で繰り返される、二人の掛け替えのない日々の思い出は全て、彼女が僕の中に残していった彼女の一部だ。彼女が僕に割いてくれた時間、僕にくれた言葉、思い出、その贈り物を危うく痛みや悲しみにしてしまうところだったと気づいた。

見る視点によって、過去が今に、今が未来に見えるように、この世界に失われたものなど何一つない。

――もう何も恐れることはなかった。

いのりの遺灰は生前の彼女が妹に話していた希望により海に撒かれた。

確かに彼女は墓の中でじっとしていられるタイプではないだろうし、彼女らしい最期だったと思う。

自殺を図り入院していた雨宮は、その後無事退院し、僕らと共に生きることを選んだ。

人は一人では生きられない。僕らは彼女が引き合わせてくれたこの縁を大事に繋いだまま、この先も支え合って生きていくと決めた。

いのりが息を引き取る前、彼女から「私は死なないから安心してって久遠くんに伝えて」と伝言を預かっていたことを雨宮から知らされた。

それを聞いた僕は、彼女との新しい秘密の場所を手に入れたような気がした。

『久遠くん、目瞑って』

脳裏に蘇るいのりのその声に、僕は静かに目を閉じる。

これからはこうして、目を塞いだその先で、彼女を見つければいい。

何度も、何度も、瞼の裏の彼女に会いに行けばいい。

そうやって僕らはこれからも、共にこの世界を生き続けていくんだ。——永遠に。

そしていつかこの体が朽ち果てる時、僕はまた思うだろう。

——運命の人とは、死ぬ時、最後に思い出す人だと語っていた君のことを。

あとがき

前作『今夜F時、二人の君がいる駅へ。』の時からお世話になっている松原隆彦教授とお話しさせて頂いている中で、私は必然的にとてもロマンチックな量子力学の世界に関心を持つようになりました。

生きていて、死んでいるとても奇妙な猫、目を瞑っている間そこにないかもしれない月、壁をすり抜ける電子。調べれば調べるほど、摩訶不思議で魅力的な量子力学の世界。

中でも人間の体を形作る不老不死の素粒子の存在に、私の心は震えました。

これまで何度か、身近な人の死と向き合ってきました。大切な人の死ほど悲しいことはこの世界にはありません。それにも関わらず、決して避けて通ることの出来ない死。

ところが、量子力学の世界から見ると、この世を去った彼らは一人残らず本当の死を迎えてはいなかったのです。彼らは今もどこかで、形を変えて生き続けている。

その時、もう目には見えないけれど心の中に生き続ける彼らの存在が、物理的に裏付けをされたような気がして、心が救われたのです。

その感動をきっかけにして、私はこの物語を書き上げるに至りました。

同じように量子力学の世界を通して、少しでも心が救われる方がいたら幸いに思います。

この小説を執筆するにあたってお力添え頂いた松原教授、いすみ市の皆様、出版社の方々、素敵なイラストを描いて下さったあんよ様、そしてこの小説を手に取って下さった全ての読者様へ、運命に導かれたこの出会いと共に、心から感謝申し上げます。

吉月(よしつき)　生(せい)

参考文献

『宇宙は無限か有限か』松原隆彦著（光文社新書）
『目に見える世界は幻想か？　～物理学の思考法～』松原隆彦著（光文社新書）
『知識ゼロでも楽しく読める！　宇宙のしくみ』松原隆彦監修（西東社）
『なぜか宇宙はちょうどいい　この世界を創った奇跡のパラメータ22』
松原隆彦著（誠文堂新光社）
『文系でもよくわかる　世界の仕組みを物理学で知る』松原隆彦著（山と溪谷社）
『図解　相対性理論と量子論』佐藤勝彦監修（ＰＨＰ研究所）
『恋愛の科学　出会いと別れをめぐる心理学』越智啓太著（実務教育出版）
『恋愛を数学する』ハンナ・フライ著、森本元太郎訳（朝日出版社）

＜初出＞

本書は書き下ろしです。

この物語はフィクションです。実在の人物・団体等とは一切関係ありません。

メディアワークス文庫

僕がきみと出会って恋をする確率

吉月 生

2021年7月25日　初版発行

発行者　青柳昌行
発行　株式会社KADOKAWA
〒102－8177　東京都千代田区富士見2－13－3
0570-002-301（ナビダイヤル）
装丁者　渡辺宏一（有限会社ニイナナニイゴオ）
印刷　株式会社暁印刷
製本　株式会社暁印刷

●お問い合わせ
https://www.kadokawa.co.jp/（「お問い合わせ」へお進みください）
※内容によっては、お答えできない場合があります。
※サポートは日本国内のみとさせていただきます。
※Japanese text only

※定価はカバーに表示してあります。

Printed in Japan
ISBN978-4-04-913962-4 C0193

メディアワークス文庫　https://mwbunko.com/

本書に対するご意見、ご感想をお寄せください。

あて先
〒102-8177　東京都千代田区富士見2-13-3
メディアワークス文庫編集部
「吉月 生先生」係

天使がくれた時間

吉月 生

未来をあきらめた僕の前に
現れたのは、天使でした——

静養を理由に、祖父母のいる海辺の田舎町へ移り住んだ新。唯一の日課は、夜の海辺の散歩だけ。父親との確執、諦めた将来の夢、病気の再発。海を眺める時間だけは、この憂鬱な世界を忘れられた。

ある夜の海辺、新はエラという女の子に出会い、惹かれていく。やがて、周囲で次々と不思議な出来事が起きるようになり……エラは、奇跡を起こす本物の"天使"だった。

「忘れないでね」切なく笑った天使に秘密があることを新は知る。そして、残された時間がわずかなことも——。

君が花火に変わるまで

中西 鼎

これは、11年越しの告白から始まる、君と僕の未来を探す恋物語。

「好き。だから付き合って」

小学校からの幼馴染である村瀬扶由花による突然の告白。

どこか戸惑いを感じながらも、高校二年生の大澤悠明は初恋の相手でもある扶由花と付き合うことにする。

デート、文化祭実行委員、海岸での花火……順調に仲を深めていく二人だったが、ある日扶由花はいきなり悠明の前から姿を消す。

そこには彼女が過去に患っていた大きな病と、切なすぎる秘密が関係していた——。

これは、11年越しの告白から始まる、君と僕の未来を探す恋物語。

メディアワークス文庫